EL PROGRESO DEL PEREGRINO

Por Juan Bunyan

—◆—

Condensado y adaptado
por
L. P. Leavell

Versión castellana arreglada y editada
por
Hiram F. Duffer, Jr.

CASA BAUTISTA DE PUBLICACIONES

CASA BAUTISTA DE PUBLICACIONES
Apartado 4255, El Paso, Tx. 79914 EE.UU. de A.

Agencias de Distribución

ARGENTINA: Rivadavia 3464, 1203 Buenos Aires
BELICE: Box 952, Belice
BRASIL: Rua Silva Vale 781, Río de Janeiro
BOLIVIA: Casilla 2516, Santa Cruz
COLOMBIA: Apartado Aéreo 55294, Bogotá 2 D. F.
COSTA RICA: Apartado 285, San Pedro
CHILE: Casilla 1253, Santiago
ECUADOR: Casilla 3236, Guayaquil
EL SALVADOR: 10 Calle Pte. 124, San Salvador
ESPAÑA: Riera de San Miguel 9, 08006 Barcelona
ESTADOS UNIDOS: Broadman: 127 Ninth Ave.,
Nashville, Tenn., 37234
GUATEMALA: 12 Calle 9-54, Zona 1, Guatemala:
HONDURAS: 4 Calle 9 Avenida, Tegucigalpa
MEXICO: José Rivera No. 148
Col. Moctezuma 1ª Sección
15500, México, D. F.
NICARAGUA: Apartado 5776, Managua
PANAMA: Apartado 5363, Panamá 5
PARAGUAY: Pettirossi 595, Asunción
PERU: Apartado 3177, Lima
REPUBLICA DOMINICANA: Apartado 880, Santo Domingo
URUGUAY: Casilla 14052, Montevideo
VENEZUELA: Apartado 152, Valencia 2001-A

El original de este libro fue editado por la Sunday School Board of the Southern Baptist Convention, y es propiedad de esa junta. Traducido y publicado con permiso.

Primera edición: 1951   Sexta edición: 1977
Segunda edición: 1960   Séptima edición: 1979
Tercera edición: 1968   Octava edición: 1980
Cuarta edición: 1973   Novena edición: 1982
Quinta edición: 1975   Décima edición: 1985

Clasifíquese: Novela

ISBN: 0-311-37006-3
C.B.P. Art. No. 37006

4 M 10 85

Printed in U.S.A.   4822-01

INTRODUCCION

El Predicador que Escribió
"El Progreso del Peregrino"

"El Progreso del Peregrino" se ha publicado en más de ochenta idiomas, y es una de las obras literarias más leídas en todo el mundo.

Su Niñez

¿Qué clase de hombre era Bunyan? Al juzgar por sus hermosos escritos, pensaríamos que era erudito, poseedor de mucha cultura y de mucho tiempo desocupado. Pero, al contrario, nació en un hogar pobre y nunca tuvo dinero. Nació el 30 de noviembre de 1628, en Elstow, Inglaterra; su padre era hojalatero, y más tarde Juan escogió el mismo oficio, por lo que a veces se le llamaba "el hojalatero de Bedford." Su educación escolar fue muy escasa, pero aprendió a leer y escribir.

Dice que en su juventud era muy mundano, dado a maldecir y a profanar el Día del Señor. Hubo poca influencia religiosa en su hogar, aunque él llegó a interesarse en la religión y se convirtió a los veinticuatro años de edad.

La Juventud de Bunyan

Cuando Juan Bunyan tenía como diez y siete años, sirvió por un año o más como militar. Durante cierta batalla, un compañero que participó en el avance en lugar de Bunyan, fue muerto; y Bunyan nunca pudo olvidar el pensamiento de que de esta manera Dios le había salvado la vida con algún propósito. A los veinte años se casó con una señorita tan pobre como lo era él, pero que descendía de padres consagrados. Ella tenía dos libros, de los cuales Bunyan dijo: "Su único dote consistía de dos tomos que su padre le había regalado. Eran éstos: 'El Camino del Hombre Ordinario,' y 'La Práctica de la Piedad.' Yo los leía a veces, encontrando algunas cosas que me eran placenteras."

De esta manera Bunyan revela su gusto por la buena literatura, pero ni siquiera soñó que él mismo haría una contribución muy valiosa a la mejor literatura del mundo.

Bunyan se Convierte en "Peregrino"

Después de su matrimonio, Bunyan dejó mucha de su mundanalidad, asistía al templo, leía la Biblia, y hallaba su mente llena de pensamientos sobre su condición de perdido. Su esposa le animaba a leer. Este período de lectura, y de pensamiento posiblemente le dio muchas de las ideas que incorporó a sus escritos más tarde.

Dejó de bailar y de profanar el Día del Señor, y emprendió el viaje de la "Ciudad de Destrucción" hasta la "Ciudad Celestial." Un día, mientras andaba en el campo pensando y orando, le vino a la mente este versículo: "Habiendo hecho la paz por medio de la sangre de su cruz." Dice: "Comprendí entonces que la justicia de Dios y mi alma pecaminosa podían abrazarse." Pronto se le aclaró todo e hizo su profesión de fe, después de lo cual empezó a predicar del Salvador que había encontrado.

Preso por Predicar

Bunyan se unió a la iglesia bautista de Bedford, y dos años más tarde llegó a ser el pastor de ella. Venían congregaciones grandes a oírlo. Pero su predicación fue silenciada por el rey Carlos II, quien ascendió al trono de Inglaterra en 1660, y ordenó que todos los predicadores que no fueran miembros de la Iglesia Anglicana (Episcopal) fueran encarcelados o desterrados. Bunyan era uno de éstos, y fue encarcelado sólo por predicar el evangelio como él lo creía.

Por doce años fue preso; pero no estaba ocioso. Escribió muchos tratados y sermones. El que se titula "Gracia que Abunda para el Primero de los Pecadores" se lee hasta el día de hoy, y es una joya de su especie. De manera que Bunyan debe a su largo encarcelamiento el haber alcanzado la fama literaria. Disponía de tiempo y de calma para poder pensar. Nos recuerda del apóstol Pablo quien, mientras estaba en la cárcel de Roma, escribió cartas que todavía son una bendición para el mundo.

Aumenta su Fama en la Cárcel

En 1672 Bunyan quedó libre, pero tres años más tarde volvieron a encarcelarlo, y esta vez dio principio a su gran obra, "El Progreso del Peregrino." Esta fue una nueva especie de literatura, en la cual trabajó hasta 1677, cuando fue publicada. Mientras tanto, había quedado libre de nuevo. En el primer año se publicaron tres ediciones de "El Progreso del Peregrino," tanta era su popularidad, y esto elevó a Bunyan a la categoría de uno de los escritores y predicadores favoritos de Inglaterra. Durante los otros diez y seis años que vivió, nadie quiso encarcelarlo.

Los Ultimos Años de Bunyan

Los últimos quince años de Bunyan se emplearon en servicio fructífero para su Señor. Su único pensamiento era predicar y escribir del camino de la salvación. Era un predicador muy popular aun en Londres, a donde se dirigía cada año a visitar las iglesias bautistas. Dícese que si se anunciaba su venida con un día de anticipación, el templo estaría rebosando de las personas que venían a escucharlo.

Siguió en actividad hasta su última enfermedad, contraída mientras regresaba a su casa bajo una fría lluvia, después de haber ido a Reading a reconciliar a un padre y su hijo pródigo. Murió el 31 de agosto de 1688, a la edad de casi sesenta años, en el hogar de un abarrotero de Snow Hill. Sus últimas palabras fueron: "Mis días laboriosos han terminado. Voy a ver la Cabeza que fue coronada de espinas y la Cara que fue escupida por mí. He vivido de oídas y por fe; pero ahora voy a donde viviré por la vista, y estaré con Aquél en cuya compañía me deleito; llévame, porque vengo a Ti."

Así, con gozo triunfal, entró a la Ciudad Celestial.

¡Cuán poco pensaron sus enemigos que lo encarcelaron, que Dios anularía su crueldad y la convertiría en la manera de difundir el nombre y la historia de Bunyan por todo el mundo, y permitirle hablar a toda la tierra y a todas las naciones, por todas las generaciones, hasta que el Señor mismo venga de nuevo!

CAPITULO I

Caminando por el desierto de este mundo, llegué a cierto lugar donde había una cueva,* y en ella me acosté a dormir; y durmiendo soñé.

En mi sueño vi un hombre en pie, vestido de harapos, con la espalda vuelta a su casa; tenía un libro en sus manos y una pesada carga sobre sus hombros. Vi que abría el libro, y leía en él; y mientras leía, lloraba y temblaba; y gritó, diciendo: "¿Qué debo hacer?"

La Carga del Pecado

En este estado regresó a su casa, y procuraba ocultar su congoja; mas no pudo disimularlo por mucho tiempo, porque su aflicción crecía. Al fin dijo: "Mi querida esposa, y vosotros, hijos de mi corazón, estoy afligido a causa de una carga que me abruma; además, tengo noticias de que ésta nuestra ciudad ha de ser quemada con fuego del cielo, en cuya terrible ruina pereceremos si no hallamos algún modo de escapar."

Al oir esto, su familia quedó atónita, no porque creían lo que les decía, sino porque pensaban que deliraba; por lo tanto, esperando que el sueño le apaciguaría, lo acostaron a prisa. Pero la noche le fue tan angustiosa como el día; y en lugar de dormir, la pasó llorando y suspirando.

Cuando amaneció, le preguntaron cómo se sentía y les contestó que su mal crecía. Quiso hablar con ellos,

---

* La cárcel de Bedford, donde Bunyan pasó doce años preso.

pero le contestaron ásperamente, ofreciéndole medicinas para curar su mal. Con esto sólo se sentía peor, pues la carga del pecado en sus hombros se acrecentaba de día en día. Así que se retiraba a su cuarto a llorar su miseria, o se salía al campo, ya a leer, ya a hacer oración; y así pasaron muchos días.

Una vez, mientras andaba en el campo, leyendo su libro, y muy angustiado, gritó como antes lo había hecho, diciendo, "¿Qué haré yo para ser salvo?"

Evangelista Encuentra a Cristiano

También noté que miraba a una y a otra parte como si quisiera correr; pero no sabiendo qué rumbo tomar, quedóse parado. Entonces vi venir hacia él un hombre llamado Evangelista, que le preguntó: "¿Por qué lloras?"

"Señor," contestó, "veo por el libro que tengo en mi mano, que estoy condenado a morir, y después he de ser juzgado; no quiero lo primero ni estoy preparado para lo segundo."

"¿Por qué no querer morir," replicó Evangelista, "siendo que tu vida va acompañada de tantos males?"

El hombre contestó: "Porque temo que la carga que pesa sobre mis hombros me ha de sumir más hondo que el sepulcro, y caeré en el infierno; y el pensar en estas cosas me hace llorar."

"Si tal es tu estado," repuso Evangelista, "¿por qué te quedas parado?"

"Porque no sé a dónde ir," contestó él. Entonces Evangelista le dio un rollo de pergamino en el cual estaba escrito: "Huye de la ira venidera."

El hombre lo leyó y preguntó: "¿A dónde he de huir?" Entonces Evangelista, señalando a un llano muy espacioso, le dijo: "¿Ves a lo lejos aquella puerta angosta?" Como el hombre dijo que no, el otro añadió: "¿No ves allá lejos el resplandor de una luz?" "Creo que sí," respondió. Entonces le dijo Evangelista: "No pierdas de vista esa luz; ve derecho a ella y verás la puerta; llama, y te dirán lo que debes hacer."

Y vi en mi sueño que el hombre echó a correr; pero no se había alejado mucho de su casa, cuando su mujer y sus hijos, notándolo, empezaron a dar voces, rogándole que volviese; mas el hombre se tapó sus oídos y siguió su carrera, gritando: "¡Vida! ¡Vida! ¡Vida eterna!" De manera que Cristiano, pues así se llamaba, sin volver la vista, huía hacia el medio de la llanura.

Flexible y Obstinado Encuentran a Cristiano

Los vecinos también salieron a verlo correr; unos le hacían burla y otros le gritaban que volviese. Dos de ellos resolvieron hacer que retrocediese a la fuerza. El nombre del uno era Obstinado, y el del otro, Flexible. Pronto lo alcanzaron y quisieron persuadirle a que regresara. Mas él dijo: "De ninguna manera puede ser; vosotros habitáis en la Ciudad de Destrucción, que pronto será quemada por fuego. Persuadíos, buenos vecinos, y venid conmigo."

Obstinado. ¡Qué! ¿Hemos de dejar a nuestros amigos y comodidades?

Cristiano. Sí, porque todo eso no puede compararse ni con un poco de lo que yo trato de gozar. Venid conmigo y probad mis palabras.

Obstinado. ¿Cuáles son las cosas que buscas, por las que dejas todo el mundo?

Cristiano. Busco un lugar que no puede ser destruido, uno que es puro, que no se marchita; el cual está reservado en el cielo, y está seguro, y será dado a su tiempo a los que lo buscan con empeño. Podéis leerlo, si queréis, aquí en mi libro.

Obstinado. ¡Fuera con tu libro! ¿Vuelves con nosotros o no?

Cristiano. Nunca, nunca. Ya puse mi mano al arado.

Obstinado. Vamos, pues, vecino Flexible; volvamos a nuestras casas sin él; hay fatuos como éste, que cuando se les mete en la cabeza algún capricho, se creen más sabios que siete cuerdos que pueden dar razón de lo que hacen.

Flexible. Si lo que el buen Cristiano dice es verdad, las cosas en cuya busca va, son mejores que las nuestras, y por lo mismo mi corazón se inclina a acompañarle.

Obstinado. ¿Cómo? ¿Más necios todavía? No seas tonto y vuelve conmigo. ¿Quién sabe a dónde te llevará este loco?

Cristiano. No, vecino Flexible; ven conmigo y tendrás las cosas de que te he hablado, y muchas glorias más. Si no me crees, lee este libro.

Flexible Sigue a Cristiano

Flexible. Pues, vecino Obstinado, estoy decidido a irme con este buen hombre, y unir mi suerte con la suya. Pero, mi buen Cristiano, ¿sabes tú el camino a ese lugar deseado?

Cristiano. Un hombre que se llama Evangelista me ha dirigido a una puerta angosta que hay más adelante, y allí se nos darán instrucciones.

Flexible. Vamos, pues, buen vecino, vamos.

Y echaron a andar juntos.

En mi sueño vi que cuando Obstinado se hubo retirado, Cristiano y Flexible siguieron su camino, platicando de esta manera:

Cristiano. Vecino Flexible, me alegro de que te hayas resuelto a venir conmigo. Obstinado no nos hubiera vuelto la espalda tan ligeramente si hubiera sentido el poder y temor de las cosas que aun no se ven.

Flexible. Bien, vecino Cristiano, y ya que estamos solos, dime más sobre las cosas que hay allí a donde vamos; ¿y crees que las palabras de tu libro son ciertas?

Cristiano. Sí, ciertísimas; porque el Autor de este libro no puede mentir.

Flexible. Bien, ¿y qué cosas son esas?

Cristiano. Se nos darán coronas de gloria y vestidos resplandecientes como el sol.

Flexible. Esto es hermoso; ¿y qué más?

Cristiano. Allí no habrá llanto ni dolor, porque el Señor del país limpiará toda lágrima de nuestros ojos.

Flexible. ¿Qué clase de compañía habrá allí?

Cristiano. Estaremos con los ángeles; también encontrarás a millares de millares que nos han precedido, todos inocentes, amables y santos, que andan a la vista de Dios, y están en su presencia con aceptación para siempre. Allí veremos los ancianos con sus coronas de oro; y las mujeres santas con sus arpas de oro. Veremos a los hombres a quienes el mundo descuartizó, entregó a las llamas, o consumió en las aguas, porque amaban al Señor del reino.

Flexible. Esto basta para llenar el corazón de gozo. ¿Cómo haremos para participar de estas cosas?

Cristiano. El Señor, el Gobernador del país, ha escrito eso en este libro; y en sustancia es que si queremos obtenerlo de veras, nos lo dará gratuitamente.

Flexible. Bien, buen amigo, me alegro sobre manera. Vamos, pues, adelante, y mejoraremos el paso.

Cristiano. Yo no puedo ir tan aprisa como quisiera, por razón de esta carga que llevo.

El Pantano de la Desconfianza

Y vi en mi sueño que, acabada esta conversación, se aproximaban a un cenagoso pantano que había en medio de la llanura; y ellos, descuidados, cayeron ambos en el cieno. El nombre del Pantano era Desconfianza. Allí, pues, se revolvieron por algún tiempo y se enlodaron tristemente; y Cristiano, a causa de la pesada carga que llevaba, comenzó a hundirse en el fango.

Flexible. ¡Ay! vecino Cristiano, ¿dónde estamos ahora?

Cristiano. Ciertamente no lo sé.

Flexible. Con esto Flexible principió a darse por

ofendido, y enfadado dijo a Cristiano, "¿Es ésta la felicidad de que me hablaste? Si tan mala suerte nos ha tocado al comenzar, ¿qué no debemos esperar antes de concluir el viaje? Si salgo de aquí con vida, tú podrás gozar solo del dichoso país." Haciendo unos esfuerzos desesperados, logró salir del Pantano por la parte más inmediata a su casa, y marchóse, y Cristiano no lo volvió a ver.

Cristiano Lucha y Auxilio le Ayuda

De manera que Cristiano quedó solo en el Pantano de la Desconfianza; continuó luchando para llegar a la orilla más retirada de su casa, y más inmediata a la puerta angosta; pero sin poder salir del lodo, por razón de la carga que llevaba, hasta que se acercó a él un hombre llamado Auxilio, el cual le preguntó qué estaba haciendo allí.

Cristiano. Señor, un hombre que se llama Evangelista me dirigió hacia aquella puerta, para que escapara yo de la ira venidera; y cuando iba en camino, caí aquí.

Auxilio. ¿Por qué no buscaste los escalones?

Cristiano. El miedo se apoderó de mí de tal manera que tomé el camino más corto y caí en este pantano.

Auxilio. Dame la mano.

Y le dio la mano, y le sacó a tierra firme y le mandó seguir su camino.

Cristiano Encuentra al Señor Saber-mundano

Ya andando solo, Cristiano vio a un hombre que venía hacia él atravesando el llano; y a poco trecho se encontraron.

El hombre que encontró era el Señor Saber-mundano, que residía en el pueblo de Manejo-carnal, población de importancia, no lejos de la ciudad de donde venía Cristiano. Este hombre, al encontrarse con Cristiano, se acordó de lo que había oído acerca de él, pues la salida de Cristiano de la ciudad de Destrucción había hecho ruido, no sólo en esa ciudad sino también en otros lugares. El Señor Saber-mundano, al oir sus suspiros y gemidos, empezó a entablar conversación.

Saber-mundano. ¡Hola, amigo! ¿a dónde vas con tanta carga?

Cristiano. ¡Cargado por cierto!, y creo que tan cargado como ningún otro infeliz haya sido jamás. En cuanto a mi viaje, me dirijo a esa puerta angosta que está delante; porque allí, según me han dicho, me enseñarán cómo he de librarme de esta carga.

Saber-mundano. ¿Tienes mujer e hijos?

Cristiano. Sí, pero esta carga me agobia tanto, que no siento por ellos el placer que antes, y me parece como si no los tuviera.

Saber-mundano. ¿Quieres escucharme un consejo?

Cristiano. Si es bueno, sí; pues mucho necesito de un buen consejo.

Saber-mundano. Te aconsejo, pues, que a toda prisa te libres de tu carga; porque nunca estarás tranquilo hasta que estés libre de ella; ni tampoco podrás gozar de las bendiciones que Dios te ha dado.

Cristiano. Eso es lo que busco, el deshacerme de esta carga; mas, quitármela yo mismo no puedo; ni hay en mi tierra quien sea capaz de alzarla de mis hombros; por esa razón ando en este camino, para ser librado de su peso.

Saber-mundano. ¿Quién te mandó seguir en este camino para librarte de tu carga?

Cristiano. Un hombre que me pareció ser noble y honrado; se llama Evangelista.

Saber-mundano Condena a Evangelista

Saber-mundano. ¡Maldito sea por su consejo! No hay camino en este mundo más peligroso e incómodo que éste. Algo has experimentado ya, según veo, pues llevas señales del lodo del Pantano de la Desconfianza; mas ese pantano sólo es el principio de los sufrimientos que esperan a los que andan en este camino. Escúchame: es fácil que encuentres hambre, peligros, desnudez, espada, leones, dragones, tinieblas y aun la muerte. Estas cosas son verídicas, habiendo sido confirmadas por muchas personas. ¿Por qué ha de arruinarse un hombre tan neciamente por dar oídos a un desconocido?

Cristiano. Pero señor, esta carga que llevo sobre mis hombros, me es más terrible que todas las cosas que usted me ha contado; me importa poco lo que encuentre en el camino, con tal de ser librado de mi carga.

Saber-mundano. ¿Cómo llegaste a tener tu carga al principio?

Cristiano. Leyendo este libro que tengo en mis manos.

Saber-mundano Condena la Biblia

Saber-mundano. Así lo pensaba. Te ha acontecido lo que a muchos otros hombres débiles que se meten en cosas demasiado elevadas para ellos. Has emprendido una aventura desesperada por lograr una cosa que no sabes lo que es.

Cristiano. Pero yo sé lo que deseo: aliviarme de tan pesada carga.

Saber-mundano. Pero, ¿por qué porfías en buscar alivio en este camino tan peligroso? Te podría decir cómo alcanzar lo que deseas sin los peligros; y en lugar de ellos hallarás mucha seguridad, amistad y satisfacción.

Cristiano. Le ruego que me descubra ese secreto.

Saber-mundano Sugiere la Moralidad

Saber-mundano. Pues en aquella aldea de ahí, cuyo nombre es Moralidad, vive un caballero llamado Legalidad, hombre de muy buena reputación, muy hábil para aliviar a las gentes que llevan cargas como la tuya; sé que ha tenido feliz éxito, y hasta ha podido curar a los que se han vuelto dementes a causa de sus cargas. Su casa no dista ni una milla de aquí, y si acaso no está él en su casa, tiene un hijo, un joven muy atento, cuyo nombre es Urbanidad, que te puede ayudar tan bien como el anciano mismo. Allí digo, puedes encontrar alivio. Podrías mandar por tu mujer e hijos para que vengan a esa aldea. Allí el vivir es barato, y vivirás con vecinos honrados y a la moda.

Cristiano Atrapado por Saber-mundano

Al oir todo esto. Cristiano pronto dijo en sí: Si lo que este caballero dice es cierto, sería prudente seguir su consejo. En seguida preguntó:

Cristiano. Señor, ¿cuál es el camino a la casa de ese buen hombre?

Saber-mundano. ¿Ves aquel cerro alto? Cerca de él tienes que ir, y la primera casa que encuentres es la suya.

Cristiano dejó su camino para ir a la casa del Señor Legalidad y pedir auxilio; mas he aquí, cuando llegó cerca del cerro, le parecía tan alto, y la parte del lado del camino tan pendiente, que Cristiano tuvo miedo de ir más adelante, creyendo que el peñasco le caería en la cabeza; por tanto se detuvo sin saber qué paso dar. También ahora su carga le parecía más pesada que antes.

Además, salieron llamas de fuego del cerro, y Cristiano temía, y empezó a arrepentirse de haber tomado el consejo del Señor Saber-mundano. En aquel momento vio venir hacia él a Evangelista, y al verlo se ruborizó de vergüenza. Evangelista se acercó más y comenzó a reprender a Cristiano.

Evangelista. ¿Qué haces aquí, Cristiano?

Cristiano, no sabiendo qué contestar, permaneció mudo. Entonces continuó Evangelista: ¿No eres tú el hombre que encontré llorando fuera de los muros de la Ciudad de Destrucción?

Cristiano. Sí, señor, yo soy ese hombre.

Evangelista. ¿No te enseñé el camino a la puerta angosta? ¿Cómo es, pues, que te has desviado tan pronto? Porque ahora estás fuera del camino.

Cristiano. Tan luego como hube pasado el Pantano de la Desconfianza, me encontré con un caballero que me persuadió de que en la aldea allí enfrente pudiera hallar un hombre que me aliviara de mi carga.

Evangelista. ¿Quién era ese hombre?

Cristiano. Todo su aire era el de un caballero, y me habló tanto, que me hizo ceder.

Evangelista. ¿Qué te dijo ese caballero?

Cristiano. Me preguntó a dónde iba, y se lo dije, y le dije de la carga que llevo en los hombros.

Evangelista. ¿Y qué dijo a eso?

Cristiano. Me encargó me apurara en quitarme mi carga; y me enseñó un camino más corto y mejor, y sin los obstáculos que hay en el camino que usted me enseñó, señor; y me dijo que ese camino que me indicaba me conduciría a la casa de un señor muy diestro en quitar cargas. Lo creí, y me salí del otro camino, y me vine a éste. Mas cuando llegué a este paraje, y vi las cosas tal como son, tuve miedo. Ahora no sé qué hacer.

Evangelista Muestra a Cristiano su Error

Evangelista. Entonces, detente un poco mientras te leo las palabras de Dios.

Cristiano, pues, permaneció en pie temblando. Luego Evangelista le dijo: "Dios dice en su Libro: 'Mirad que no desechéis al que habla. Porque si aquellos no escaparon que desecharon al que hablaba en la tierra, mucho menos nosotros, si desecháramos al que habla de los cielos.'" Luego aplicó estas palabras a Cristiano, diciendo: "Tú eres el hombre que corre hacia la desgracia, pues has empezado a desechar el consejo del Altísimo."

Entonces Cristiano cayó casi muerto a sus pies, exclamando: "¡Ay de mí, estoy perdido!"

Pero Evangelista, al verle así, le asió de la mano derecha, diciéndole: "No seas incrédulo, sino fiel." Con esto se animó Cristiano un poco, pero siguió temblando como antes en la presencia de Evangelista.

Evangelista Describe a Saber-mundano

Evangelista siguió diciendo:

Evangelista. Ahora te voy a decir quién te engañó, y a quién te mandó. El hombre que encontraste es un tal Saber-mundano, y con razón se llama así, pues sólo conoce la doctrina de este mundo, por cuya razón siempre va a la iglesia del pueblo de Moralidad. Ama esa doctrina porque le evita la necesidad de creer en la muerte expiatoria de Cristo. La persona a quien fuiste enviado a buscar alivio, cuyo nombre es Legalidad, no te puede librar de tu carga. Nadie jamás ha sido aliviado por él, ni nunca lo será. Por tanto, Saber-mundano es un embustero; Legalidad es un impostor, y su hijo Urbanidad, a pesar de sus miradas tan hechiceras, no es más que un hipócrita, que no te puede ayudar. Créeme: todo lo que has oído acerca de esos disolutos no es más que un plan para apartarte de la salvación, desviándote del camino en que te puse.

Entonces Evangelista clamó al cielo pidiendo la confirmación de lo que había dicho; y luego salieron llamas de fuego del monte que pendía sobre Cristiano, de manera que se le erizaron los cabellos de espanto. Y una voz decía: "Todos los que son de las obras de la ley, están bajo de maldición."

Al oir esto, Cristiano solo esperaba la muerte, y comenzó a gritar dolorosamente, llamándose mil veces loco por haber hecho caso a Saber-mundano. Entonces dijo a Evangelista:

Cristiano. Señor, ¿hay todavía esperanza? ¿Puedo ahora retroceder y dirigirme a la puerta angosta? Me arrepiento de haber tomado el consejo de ese hombre; ¿podré obtener el perdón de mi pecado?

Evangelista. Tu pecado es muy grande, porque has hecho dos cosas malas. Has abandonado el buen camino, y has andado por veredas prohibidas. Sin embargo, el que está a la puerta te recibirá, porque tiene buena voluntad para con todos. Solamente ten cuidado de no extraviarte de nuevo, no sea que el Señor se enoje y perezcas en el camino.

Entonces Cristiano empezó a prepararse para retroceder; y Evangelista, sonriéndose le besó y le despidió, diciendo: "El Señor te guíe." Con esto Cristiano echó a andar a buen paso, sin hablar a nadie. Iba como uno que anda por terreno vedado, sin creerse seguro hasta llegar al camino que había dejado por consejo de Saber-mundano.

CAPITULO II

El Peregrino Llega a la Puerta Angosta

Después de algún tiempo, Cristiano llegó a la puerta sobre la cual estaba escrito: "Llamad y se os abrirá."

Llamó, pues, varias veces diciendo: "¿Se me permitirá entrar? ¡Abrid a un miserable pecador, aunque he sido un rebelde y soy indigno! ¡Abrid, y no dejaré de cantar sus eternas alabanzas en las alturas!" Al fin vino a la puerta una persona seria llamada Buena Voluntad, y preguntó quién estaba allí y de dónde venía, y qué deseaba.

Cristiano. Soy un pobre pecador abrumado. Vengo de la Ciudad de Destrucción, mas voy al monte de Sión. Quisiera saber si me permitirán entrar.

Buena Voluntad. Con mucho gusto.

Diciendo esto, le abrió la puerta, y cuando Cristiano estaba entrando, Buena Voluntad le dio un tirón hacia sí. Entonces preguntó Cristiano: "¿Qué significa esto?" El otro le contestó: "A poca distancia de esta puerta hay un castillo fuerte, del cual Beelzebub es el capitán; él y los suyos tiran flechazos a los que llegan a esta puerta, para ver si por casualidad pueden matarlos antes de que estén dentro." Entonces dijo Cristiano: "Me alegro y tiemblo a la vez."

Cristiano Entra y Habla con Buena Voluntad

Tan luego que estuvo dentro, el hombre le preguntó quién le había dirigido allí.

Cristiano. Evangelista me mandó venir aquí, y llamar, como lo hice; y me dijo que usted, señor, me diría lo que debía yo hacer.

Buena Voluntad. Una puerta abierta está delante de ti, y nadie la puede cerrar.

Cristiano. Ahora empiezo a recoger el fruto de mis peligros.

Buena Voluntad. Pero ¿cómo es que viniste solo?

Cristiano. Porque ninguno de mis vecinos vio su peligro como yo vi el mío.

Buena Voluntad. ¿Ninguno de ellos supo de tu venida?

Cristiano. Sí, señor; mi mujer y mis hijos fueron los primeros que me vieron salir, y me gritaron para que volviese. También varios de mis vecinos hicieron lo mismo, pero me tapé los oídos y seguí mi camino. Obstinado y Flexible corrieron para persuadirme a que regresara; pero viendo que no podían lograrlo, Obstinado se fue enojado, aunque Flexible anduvo conmigo un poco más en el camino.

Buena Voluntad. ¿Por qué no siguió hasta aquí?

Cristiano: Vinimos juntos hasta llegar al Pantano de la Desconfianza, en el que ambos caímos de repente. Entonces mi vecino Flexible salió por el lado más inmediato a su casa, y se fue por su camino, y yo vine por el mío; pero yo dejé el camino bueno para irme por el de la muerte, porque así me persuadió un tal señor Saber-mundano.

Buena Voluntad. ¡Cómo! ¿Te encontraste con él? Y sin duda quiso hacerte buscar alivio de manos del Señor Legalidad. Ambos son embusteros. Pero, ¿seguiste su consejo?

Cristiano. Sí, hasta donde tuve valor fui en busca del Señor Legalidad. Cuando estuve cerca de su casa, creí que se me venía encima el cerro que estaba allí, y esto me hizo detener. Por cierto, no sé lo que hubiera sido de mí en mi perplejidad, si Evangelista por fortuna no me hubiera encontrado otra vez; pero por la misericordia de Dios él llegó a mí, de otra manera no hubiera llegado acá. Mas he venido tal como soy, que merezco más ser aplastado por aquel cerro que estar hablando con mi Señor. ¡Oh! ¡Cuán grande es la no merecida honra de ser admitido aquí!

Buena Voluntad. Aquí no se ponen dificultades a nadie; quien quiera que haya sido, ninguno es echado fuera. Por tanto, buen Cristiano, ven conmigo un poco y te enseñaré el camino que debes seguir. Mira adelante. ¿Ves ese camino angosto? Pues por ese camino has de ir. Fue compuesto por los patriarcas, profetas, Cristo y sus apóstoles; y es tan recto como una regla. Este es el camino que tienes que seguir.

Cristiano. ¿No hay vueltas ni rodeos que le hagan a un forastero perder la dirección del camino?

Buena Voluntad. Sí, hay muchos caminos que se cruzan con éste, y son tortuosos y anchos; mas en una cosa puedes distinguir el bueno del malo, porque el bueno es el único recto y angosto.

Entonces vi en mi sueño que Cristiano le preguntó si no podía aliviarlo de su carga, pues todavía llevaba ese peso, y de ninguna manera podía quitárselo.

Buena Voluntad le contestó: Confórmate con llevarla hasta que llegues a un lugar en el cual se caerá de tus hombros por sí misma.

Cristiano en la Casa de Intérprete

Cristiano ahora ciñó sus lomos y se preparó para el camino.

Buena Voluntad le dijo que a poca distancia de la puerta llegaría a la casa de Intérprete, y que allí debía llamar, para que le enseñaran cosas notables y buenas. Con esto Cristiano se despidió de Buena Voluntad, el cual le deseó buen viaje y la compañía del Señor.

Cristiano siguió su camino hasta que llegó a la casa de Intérprete, donde llamó varias veces. Al fin alguien acudió al llamamiento y le preguntó quién era.

Cristiano. Señor, soy un viajero enviado acá por un

conocido del buen dueño de esta casa; desearía hablar con él.

Llamaron, pues, al señor de la casa, el cual en poco tiempo vino a Cristiano y le preguntó qué cosa quería.

Cristiano. Señor, he venido de la Ciudad de Destrucción, y voy caminando hacia el Monte de Sión. El hombre que está de portero en la puerta que da entrada a este camino, me dijo que si yo pasaba por aquí, usted me enseñaría cosas buenas y provechosas para mi viaje.

Cuadros Vistos en la Casa de Intérprete

Intérprete. Pasa adelante y te mostraré lo que te será de provecho.

Primer Cuadro

Intérprete ordenó a su mozo encender una luz, e invitó a Cristiano a que le siguiese. Conduciéndole a un cuarto privado, Intérprete mandó al criado que abriese la puerta, hecho lo cual Cristiano vio colgado en la pared un cuadro que representaba una persona venerable, con los ojos levantados al cielo, el mejor de los libros en sus manos, la ley de la verdad escrita en sus labios, y la espalda vuelta al mundo. Se paraba en el acto de razonar con los hombres, y una corona de oro se veía en su cabeza.

Cristiano. ¿Qué significa esto?

Intérprete. Este cuadro es para enseñarte que su misión es saber y explicar las cosas profundas a los pecadores. Está en pie en actitud de súplica a los hombres. El tener la espalda vuelta al mundo y una corona en la cabeza, es para hacerte entender que con despreciar y hacer poco caso de las cosas presentes, por amor al servicio de su Señor, tendrá la corona como premio en el mundo venidero. Te he enseñado este cuadro primero, porque el hombre en él representado es el único autorizado por el Señor del lugar que buscas, para que sea tu guía en todos los lugares difíciles que has de encontrar.

Segundo Cuadro

Entonces lo tomó de la mano y le condujo a una sala grande, llena de polvo, pues nunca había sido barrida. Después que la hubieron examinado un poco de tiempo, Intérprete mandó a uno que la barriese. Luego que comenzó a barrer, el polvo se levantó en nubes tan densas que Cristiano estuvo a punto de sofocarse. Entonces Intérprete dijo a una criada que estaba cerca: "Trae agua y rocía la sala." Hecho esto, ya fue barrida sin dificultad.

Cristiano. ¿Qué significa esto?

Intérprete. Esta sala representa el corazón del hombre que nunca fue santificado por la dulce gracia del Evangelio. El polvo es su pecado original y su corrupción interior que ha contaminado todo el hombre. El que comenzó a barrer al principio es la ley; pero la que trajo el agua y roció la sala es el Evangelio. Y como viste que tan pronto como el primero comenzó a barrer, el polvo se levantó de tal manera que era imposible limpiar la sala, y estuviste a punto de sofocarte, así también la Ley, en lugar de limpiar el corazón de pecado, lo hace vivir, le da más fuerza y lo aumenta en el alma, por la razón de que la Ley descubre el pecado y lo prohibe sin poder vencerlo. Y como viste que la moza roció la sala con agua, y así se facilitó el barrerla, así también cuando el Evangelio entra en el corazón con sus influencias tan dulces y preciosas, el pecado es vencido y subyugado, y el alma queda limpia por la fe, y por tanto apta para que habite en ella el rey de Gloria.

Tercer Cuadro

Vi también en mi sueño que Intérprete tomó a Cris-

tiano de la mano, y le condujo a un pequeño cuarto
donde estaban dos niños, cada uno sentado en su si-
lla. El nombre del uno era Pasión, y el del otro Paciencia. Pasión parecía estar muy descontento; mas
Paciencia estaba muy tranquilo. Entonces preguntó
Cristiano: "¿Por qué está descontento Pasión?" Intérprete contestó: "El Maestro quiere que Pasión es-
pere hasta el principio del año venidero para recibir
sus mejores cosas; mas Pasión todo lo quiere en el
momento. Paciencia, al contrario, está resignado a
esperar."

Luego vi que se acercó un hombre a Pasión tra-
yéndole un saco de tesoros y vaciándolo a sus pies,
y el niño los recogió con gusto y se divirtió con ellos,
haciendo burla al propio tiempo de Paciencia. Mas
vi que en poco tiempo todo lo había desperdiciado y
no le quedaron más que andrajos.

Cristiano. Explíqueme usted, señor Intérprete, el
significado de esto.

Intérprete: Estos dos muchachos son figuras: Pasión, de los hombres de este mundo, y Paciencia de
los del venidero; pues como has visto que Pasión todo lo quiere en este mismo año, es decir, en este mundo, así son los hombres mundanos: quieren gozar de
todas sus cosas buenas en esta vida, y no pueden esperar hasta la vida venidera. Mas así como viste que
pronto malgastó todo, y nada le quedó sino andrajos,
lo mismo sucederá a tales hombres en el fin de este
mundo.

Cristiano. Veo que Paciencia posee la mejor sabiduría, y eso por dos razones: primero, porque espera
para recibir sus cosas buenas; y segundo, porque recibirá sus tesoros cuando el otro no tendrá más que
andrajos.

Intérprete. Y bien puedes agregar que la gloria del
mundo venidero nunca se acabará; mientras que los
bienes de este mundo se desvanecerán pronto. Por lo
tanto Pasión, aunque recibió sus buenas cosas desde
ahora, tenía menos razón de reírse que Paciencia,

puesto que éste recibirá sus tesoros al final.

Cristiano. Según eso, comprendo que no es bueno ansiar las cosas presentes, sino esperar las venideras.

Intérprete. Dices la verdad: porque las cosas que se ven son temporales, mas las que no se ven son eternas.

Cuarto Cuadro

Vi entonces que Intérprete tomó a Cristiano de la mano y lo llevó a un lugar donde había un fuego encendido contra una pared, y al lado uno que estaba echándole agua continuamente para extinguirlo; pero el fuego se aumentaba en lugar de disminuirse.

Cristiano. ¿Qué significa esto?

Intérprete. Este fuego es obra de la gracia de Dios en el corazón. El que le echa agua para apagarlo, es el Demonio, bien que no adelanta cosa alguna, pues la llama y el calor del fuego se aumentan cada vez más.

Le llevó a la parte opuesta de la pared donde estaba un hombre que continua, aunque secretamente, le echaba aceite al fuego.

Cristiano. ¿Qué significa esto?

Intérprete. Este es Cristo, quien mantiene constantemente con el aceite de su gracia la obra empezada en el corazón. No obstante los esfuerzos del Demonio, las almas se mantienen en ella. Con todo, el estar detrás de la pared es para darte a entender que es difícil, para uno que es tentado, penetrar en cómo se mantiene en el alma esta obra de la gracia.

Quinto Cuadro

En esto le tomó otra vez de la mano, y le guió a un lugar agradable, donde había un soberbio y hermoso palacio, cuya vista deleitó sobre manera a Cristiano, y en cuyas azoteas veía también que paseaban ciertas personas vestidas de oro.

Entonces dijo Cristiano: "¿Podremos entrar?"

Intérprete le tomó de la mano y le condujo a la puerta del palacio; allí vio una muchedumbre de hombres deseosos de entrar, mas sin atreverse. Había allí también un hombre sentado a una mesa, no lejos de la puerta, y tenía un libro y un tintero delante para apuntar el nombre de cualquiera que entrase. Vio también que la puerta estaba defendida por hombres armados, resueltos a hacer todo el daño posible a los que intentasen entrar.

Cuando muchos de los que querían entrar habían retrocedido por miedo a los hombres tan bien armados, vio acercarse al escribiente un hombre intrépido que decía: "Señor, apunte usted mi nombre." Hecho esto, desenvainó su espada, púsose un yelmo sobre su cabeza, y corriendo a la puerta acometió a los hombres armados, los cuales le resistieron con furia mortal; mas aquél, en nada desanimado, siguió cortando y golpeando con denuedo, hiriendo a muchos y recibiendo él varias heridas. Al fin logró abrirse paso por en medio de todos, y, espada en mano, penetró en el palacio. Luego los que estaban dentro y en la azotea le vitorearon diciendo:

"Entra, entra;
La gloria eterna gozarás."

Así entró, y fue vestido como ellos. Entonces Cristiano se sonrió y dijo: "Creo que comprendo lo que eso significa. Déjame seguir mi camino."

Mas Intérprete dijo: "No, quédate hasta que te haya enseñado más cosas."

Sexto Cuadro

Intérprete tomó a Cristiano de la mano y le condujo a un cuarto muy oscuro, donde había una jaula de hierro y un hombre encerrado en ella. El infeliz estaba muy triste; tenía los ojos fijos en tierra y las manos plegadas, y suspiraba como si el corazón se le hiciera pedazos. Entonces dijo Cristiano: "¿Qué significa esto?", a lo que Intérprete contestó ordenándole preguntarlo al mismo enjaulado. Dirigiéndose, pues a él, le dijo:

Cristiano. ¿Qué eres tú?

Enjaulado. Soy lo que no era en otro tiempo.

Cristiano. ¿Qué eras antes?

Enjaulado. Era un profesante próspero y floreciente ante mis ojos y aun ante los de los demás.

Cristiano. Bien, pero ¿qué eres ahora?

Enjaulado. Soy una criatura de la desesperación, dentro de la cual, como en una jaula de hierro, estoy encerrado sin poder salir de ella de manera alguna.

Cristiano. Pero ¿cómo has venido a parar en esto?

Enjaulado. ¿Cómo? Dejando de ser vigilante y sobrio, dando rienda suelta a mis pasiones, pecando contra lo expresamente prescrito por la palabra y bondad del Señor. He contristado al Espíritu, y él se ha ausentado de mí; he tentado al Demonio, y no se ha detenido en venir; y he dejado endurecer mi corazón hasta el punto de no poder arrepentirme.

Oyendo esto Cristiano se volvió a Intérprete y le dijo:

Cristiano. ¿Es posible que no haya esperanza para un hombre como éste?

Intérprete. Pregúntaselo a él mismo.

En efecto, dirigióse a él, diciendo:

Cristiano. Dime, ¿no hay esperanza para ti, sino que tienes que permanecer en la jaula de la desesperación?

Enjaulado. No hay esperanza para mí; no, no la hay.

Cristiano. ¿Por qué no? El Hijo del Santo por excelencia es muy misericordioso.

Enjaulado. Yo le he crucificado de nuevo en mí mismo. He aborrecido su persona, he despreciado su justicia, he profanado su sangre, he ultrajado al Espíritu de gracia, y he aquí por qué me considero excluido de la esperanza de todas las promesas; y nada

me resta sino sólo las terribles amenazas de un juicio cierto y seguro, que me devorarán como a un
enemigo.

Cristiano. ¿Cuál es la razón por qué fuiste condu-
ciéndote tú mismo a tal estado?

Enjaulado. Por mis pasiones, placeres y ganancias
mundanas, en cuyo disfrute experimenté en otro
tiempo muchos deleites; pero ahora cada una de esas
cosas me muerde y me roe cual gusano ardiente.

Entonces dijo Intérprete a Cristiano: "No te olvides
de la miseria de este hombre, y que te sirva de pre-
caución para siempre."

Cristiano. A la verdad esto es terrible. El Señor me
dé su auxilio para que vele, sea sobrio, y le pida que
no me deje ser presa de lo que causa la miseria de
este hombre. ¿Pero no le parece a usted que podría
yo seguir ya mi camino?

Intérprete. Espera un poco, y te mostraré una cosa
más, y entonces podrás seguir adelante.

Séptimo Cuadro

Tomándole, pues, de la mano de nuevo, le condujo
a un cuarto donde había uno que parecía levantarse
de la cama, y que al ponerse la ropa temblaba y estaba conmovido. Viéndole Cristiano se volvió a su
conductor para saber la causa de aquella perturba-
ción, y éste, en lugar de responderle, ordenó al hombre que él mismo se la manifestase.

"Esta noche," dijo, "al estar durmiendo, soñé que
tenía los ojos vueltos a los cielos, y que éstos se iban
oscureciendo sobre manera, y que se sucedían truenos
y relámpagos de una manera asombrosa, y me llené
de espanto. Y vi en mi sueño que las nubes oscilaban
y se agitaban con extraordinaria rapidez; en esto oí
la voz de una trompeta, y vi a un hombre sentado
en una nube, acompañado de millares de seres celestiales, todos en llama de fuego; también los cielos
ardían. Luego oí una gran voz que decía: 'Levantaos,

muertos, y venid a juicio,' y con eso las rocas se partieron, los sepulcros fueron abiertos y los muertos que había en ellos salieron. Algunos de ellos, llenos de regocijo, miraban hacia arriba. Los otros buscaban dónde esconderse debajo de las peñas. En seguida vi al hombre que estaba sentado en la nube abrir el libro, y mandó que todo el mundo se aproximase. Pero siempre había una distancia conveniente entre él y ellos, como la hay entre un juez y los reos que están para ser juzgados. Oí también decir al hombre que se sentaba en la nube: 'Recoged la cizaña, la paja, y el rastrojo, y arrojadlo todo al lago de fuego.' Al instante, precisamente cerca de donde yo estaba, el abismo se abrió, de cuya boca salía humo en abundancia, ascuas de fuego y ruidos espantosos. También dijo: 'Allegad mi trigo en el granero.' Con esto vi que muchos fueron arrebatados por las nubes, mas yo fui dejado atrás. En esto yo buscaba dónde esconderme, pero no pude, porque los ojos de Aquél que estaba en la nube se fijaban en mí; mis pecados también vinieron a mi memoria, y mi conciencia me acusaba por todos lados; con esto desperté de mi sueño."

Cristiano. Pero, ¿por qué te asustaste tanto con esa visión?

Hombre. Porque creía que el día del juicio había venido, y yo no estaba preparado para él; pero lo que más me asustó fue que los ángeles recogiesen a varios y me dejasen a mí atrás; también el abismo abrió su boca a mis pies. Mi conciencia me afligía, y siempre me parecía que el juez me miraba y que estaba indignado.

Dirigiéndose entonces Intérprete a Cristiano, le dijo: "¿Has considerado todas estas cosas?"

Cristiano. Sí, y me llenan de esperanza y de temor.

Intérprete. Bien, guárdalas así en tu memoria, y te serán un estímulo para seguir adelante en el camino que debes llevar.

Con esto Cristiano comenzó a ceñir sus lomos y a prepararse para el viaje. Entonces le dijo Intérprete:

CAPITULO III

Vi en mi sueño que el camino por donde Cristiano tenía que pasar estaba cercado a los lados por un muro que se llamaba Salvación, y que Cristiano iba subiendo a buen paso, aunque no sin fatiga a causa de la carga que llevaba sobre sus hombros.

Cristiano Pierde su Carga

Corrió así hasta que llegó a un lugar más elevado donde había una cruz, y un poco más abajo un sepulcro.

En mi sueño observé que en el momento en que Cristiano llegó al lugar de la cruz, su carga se soltó de sus hombros, y cayendo al suelo rodó hasta caer en el sepulcro, y no la volví a ver jamás. Cristiano, sintiéndose ya aliviado, exclamó en la abundancia de su gozo: "¡Bendito Aquél que me ha dado descanso con sus penas y vida con su muerte!" Allí se quedó parado por algunos instantes, muy asombrado de ver que tan fácilmente se le había caído su carga. Y miraba hasta que las lágrimas le corrieron abundantemente por sus mejillas.

Mas he aquí, que mientras estaba mirando y llorando, se llegaron a él tres Seres Resplandecientes, los cuales le saludaron diciéndole: "La paz sea contigo." En seguida el primero le dijo: "Tus pecados te son perdonados;" el segundo le quitó sus andrajos y lo vistió de ropas de gala; el tercero le puso un sello en su frente y le entregó un rollo de pergamino que llevaba un sello, con el encargo de leerlo en el camino y entregarlo en la puerta de la Ciudad Celestial.

Cristiano ahora dio tres saltos de puro gozo y siguió su camino diciendo: "Agobiado he estado bajo el peso de mis pecados, sin que nadie ni nada pudiera aliviarme, hasta que llegué aquí. ¡Oh, qué magnífico lugar es este! ¿Será que aquí comienza el gozo? ¿Es éste el lugar donde había de caerse mi carga, y romperse las cuerdas que me la tenían atada? ¡Bendita cruz! ¡Bendita sepultura! ¡Más bien bendito el que murió por mí en la cruz!"

Simple, Pereza, Presunción

Después vi en mi sueño que Cristiano siguió, y al bajar por una pendiente, vio a un lado del camino tres hombres profundamente dormidos y con grillos en sus pies. Uno se llamaba Simple; el otro, Pereza; y el tercero, Presunción.

Cristiano, al verlos en este estado, se acercó a ellos a ver si acaso podría despertarlos, y les gritó: "Ustedes son como los que duermen en la punta de un mastelero, que debajo tienen el mar profundo, abismo que no tiene fondo; despierten, pues, y vengan conmigo; y si quieren, yo les ayudaré a quitarse esos grillos, pues si el que anda como león rugiente pasa por aquí, de cierto serán presa de sus dientes." Despertando los tres, contestaron de esta manera: Simple dijo: "No veo peligro alguno." Pereza añadió: "Dormiremos otro poco." Presunción dijo: "Nada te importa." y con esto se entregaron de nuevo al sueño, y Cristiano siguió su camino.

Sin embargo, se afligía al ver cómo hombres en tanto peligro podían despreciar la bondad del que tan generosamente les ofrecía socorro, despertándoles, aconsejándoles y ofreciéndose a ayudarles a quitar sus cadenas.

Formalista e Hipocresía

Mientras se quedó pensando, Cristiano vio a dos hombres que estaban brincando la pared del lado

izquierdo del camino, y se acercaban a él a paso ace-
lerado. Uno de ellos se llamaba Formalista, y el otro,
Hipocresía.

Cristiano. Caballeros, ¿de dónde vienen y a dónde
van ustedes?

Formalista e Hipocresía. Nacimos en el país de Vanagloria, y vamos en busca de alabanza al Monte Sión.

Cristiano. ¿Cómo es que no entraron por la puerta
que está a la entrada del camino? ¿No saben que está
escrito: "el que no entra por la puerta, mas sube por
otra parte, el tal es ladrón y robador"?

Formalista e Hipocresía. Nuestros paisanos consi-
deran, y con razón, que la puerta está demasiado lejos; y es más fácil brincar la pared como nosotros
hemos hecho.

Cristiano. ¿No creen ustedes que será contado como transgresión contra el Señor del lugar adonde nos
dirigimos, el violar así su voluntad revelada?

Formalista e Hipocresía. No hay necesidad de que
se aflija usted por esto; lo que hemos hecho está autorizado por la costumbre, y en caso necesario podemos comprobar que así ha sido por más de mil años.

Cristiano. Yo ando según la ley de mi Maestro; ustedes según el impulso de sus caprichos. Ustedes ya
son contados como ladrones por el Señor del camino; por lo tanto, estoy seguro de que no se encontrarán entre los verdaderos al fin del camino; han entrado sin el permiso del Señor, y saldrán sin misericordia.

A esto le contestaron que se cuidara de sí mismo.
Luego vi que cada cual siguió su camino, sin hablar
sino pocas palabras. Cristiano les dijo que el Señor
de la Ciudad lo conocería por el vestido que llevaba
puesto, el cual le dieron los Seres Resplandecientes y
también por la señal de su frente y el rollo en sus manos.

A estas reflexiones los otros nada contestaron; sólo se miraron uno a otro y se rieron. Entonces vi que
los tres siguieron su camino. Cristiano iba delante

de ellos, y frecuentemente leía en el rollo que le dio uno de los Seres Resplandecientes, y con la lectura se consolaba mucho.

El Collado de Dificultades

Vi luego que todos llegaron al pie del Collado de Dificultades, donde había un manantial. De este lugar partían otros dos caminos además del que venía derecho desde la puerta angosta: el uno conducía a la izquierda y el otro a la derecha del pie del collado; mas el camino angosto subía derecho por el collado que lleva el nombre de Dificultad.

Cristiano primero se acercó a la fuente y bebió agua para refrescarse; en seguida comenzó a subir el collado. Los otros dos llegaron también al pie del collado; pero cuando vieron que la cuesta era alta y empinada, y que había otros dos caminos más fáciles, resolvieron irse por ellos. El nombre de uno de estos dos caminos era Peligro, y el del otro, Destrucción. Uno de los dos tomó el camino del Peligro, y fue a parar a un gran bosque; y el otro siguió el camino de la Destrucción, que le condujo a un extenso campo lleno de montañas oscuras, donde tropezó y cayó sin poder levantarse más.

Después miré a Cristiano para fijarme cómo subía el collado, y noté que tropezaba y caía con frecuencia, y muchas veces trepaba valiéndose de las manos y rodillas, a causa de lo empinado de la cuesta.

Cristiano Pierde su Rollo

A la mitad de la subida había un agradable cenador, hecho por el Señor del collado para el descanso de los peregrinos fatigados. Allí, pues, llegó Cristiano y se sentó a descansar; luego sacó el rollo de su seno y se puso a leer para consolarse; también ahora comenzó de nuevo a contemplar el vestido que le fue dado en el lugar de la cruz, y contentándose de esta manera, pronto empezó a dormitar, y cayó en un sueño tan profundo que le detuvo allí por largo tiempo; y estando dormido, se le cayó el rollo de las manos. Mientras dormía, vino a él uno corriendo que le despertó, diciendo: "Mira a la hormiga, oh perezoso; mira sus caminos, y sé sabio." Con esto Cristiano se paró repentinamente y siguió su camino cuesta arriba a buen paso hasta llegar a la cumbre.

Desconfianza y Temeroso

En la cumbre de la montaña le salieron al encuentro dos hombres que venían corriendo. El nombre de uno era Temeroso y el del otro, Desconfianza, a los cuales Cristiano dijo: "Señores, ¿qué ha sucedido? Ustedes corren en rumbo opuesto." Temeroso contestó que iban a la ciudad de Sión, y que ya habían subido ese lugar dificultoso; "pero," decía él, "mientras más avanzamos, más peligros encontramos; por esta razón dimos vuelta y ahora regresamos a nuestro pueblo."

"Sí," agregó Desconfianza, "porque un poco más adelante hay dos leones en el camino, si despiertos o dormidos, no sabemos; y no pudimos menos que pensar que si llegamos a su alcance, pronto nos harían pedazos."

Cristiano. Ustedes me espantan; pero, ¿a dónde huiré para ser salvo? Si me vuelvo a mi país, que está para ser destruido por fuego y azufre, ciertamente pereceré allí; mas si puedo llegar a la Ciudad Celestial, allí estaré seguro. Me es preciso aventurar. Volverme ahora no es sino buscar una muerte segura; es cierto que siguiendo adelante hay el temor de la muerte, pero con la vida eterna después; por lo tanto seguiré adelante.

En esto Desconfianza y Temeroso corrieron cuesta abajo, y Cristiano siguió su camino. Mas pensando otra vez en lo que habían dicho aquellos hombres, buscó en su seno el rollo, para leer en él y recibir consuelo, pero aunque lo buscó no lo halló. En su aflicción recordó que se había dormido en el descanso, y cayendo de rodillas, pidió perdón a Dios por su necedad; luego regresó en busca de su rollo. Algunas veces, mientras iba retrocediendo, suspiraba; otras lloraba, y frecuentemente se regañaba a sí mismo por la locura de haberse dormido en aquel lugar que sólo fue edificado para un pequeño descanso.

De esta manera, pues, regresó, lamentándose de su desgraciado sueño, y diciendo: "¡Oh miserable hombre de mí! ¡Haberme dormido de día! ¡Dormirme en medio de la dificultad! ¡Cuánto hubiera ya avanzado! Ahora tengo que andar tres veces lo que con una sola vez me hubiera bastado; más todavía: ahora estoy en peligro de perderme en la oscuridad, pues el día se acaba. ¡Ah, si no me hubiera dormido en el cenador!"

Cristiano Recobra su Rollo

Hablando así, llegó al descanso, y se sentó algunos momentos a llorar. Por fin, mirando tristemente debajo del asiento, vio allí el rollo, el cual recogió inmediatamente; y temblando se lo metió en el seno. Dio gracias a Dios por haber dirigido su vista al lugar donde estaba, y derramando lágrimas de alegría siguió su camino. ¡Y con qué ligereza subió entonces la cuesta!

Sin embargo, antes de llegar arriba se puso el sol, y esto hacía que Cristiano recordara la locura de su sueño, y recordó lo que Desconfianza y Temeroso le habían contado, y cómo se espantaron con la vista de los leones. "Estas fieras," se decía Cristiano, "andan de noche buscando su presa, y si me encuentran en la oscuridad, ¿cómo escaparé de sus garras?"

Lamentando de esta manera su gran desgracia, alzó su vista, y he aquí un magnífico palacio se presentó ante su vista. El nombre del palacio era Hermoso, y estaba a un lado del camino real.

Vigilante, el Portero

Ahora vi en mi sueño que Cristiano se apresuró hacia la casa a ver si acaso podía hospedarse allí, mas a poco andar entró en un pasadizo angosto que distaba unos cien metros del palacio; y mirando atentamente, divisó dos leones en el camino. "Ahora veo," pensó él, "los peligros que espantaban a Desconfianza y Temeroso." (Los leones estaban encadenados, aunque él no vio las cadenas.) Entonces se atemorizó y vaciló, casi resolviendo volverse en pos de los otros, pues creyó que no le esperaba sino la muerte.

Mas el portero, cuyo nombre es Vigilante, viendo que Cristiano se detenía como pensando en regresar, le dio voces diciendo: "¿Tan poco ánimo tienes? No temas a los leones porque están atados, y están puestos allí para prueba de la fe, y para descubrir quiénes no la tienen. Sigue andando por en medio del camino, y no sufrirás ningún daño."

Vi luego que Cristiano pasó temblando, mas siguiendo con mucho cuidado las instrucciones del portero; aunque oyó el rugir de los leones, no recibió mal alguno. Entonces batió palmas y siguió hasta llegar al palacio. "Señor," preguntó a Vigilante, "¿qué casa es esta? ¿Puedo posarme aquí esta noche?"

El Portero contestó: "Esta casa fue edificada por el Señor del Collado, y la construyó para el alivio y seguridad de los peregrinos." También el Portero le preguntó de dónde era y a dónde iba.

Cristiano. Vengo de la Ciudad de Destrucción, y voy al Monte de Sión, pero como el sol se ha puesto, deseo, si no hay inconveniente, hospedarme aquí esta noche

Portero. ¿Cómo has llegado tan tarde? El sol se ha puesto ya.

Cristiano: Hubiera llegado antes si no fuera porque me dormí en el descanso que está en la subida. Mientras dormía perdí mi certificado, y vine sin él hasta la cumbre del cerro sin darme cuenta. Al buscarlo y no hallarlo, tuve que regresar, a pesar mío, al lugar donde me dormí, y allí lo encontré. Por eso vengo tan tarde.

Portero. Está bien. Llamaré a una de las doncellas de este palacio, quien, si no le disgusta tu modo de hablar, te presentará al resto de la familia, conforme a las reglas de la casa.

Vigilante tocó pues, una campana, a cuyo sonido salió a la puerta una hermosa doncella de apariencia seria, llamada Discreción, la cual preguntó por qué la habían llamado.

El Portero contestó: "Este hombre está en viaje de la Ciudad de Destrucción al Monte de Sión; pero estando cansado, y habiéndosele anochecido, me ha preguntado si podría posar aquí esta noche; le dije que te llamaría a ti para que, después de conversar con él, hicieses lo que te pareciese bueno, según las leyes de la casa."

Entonces ella preguntó a Cristiano de dónde venía y a donde iba. Luego le preguntó cómo había entrado al camino. En seguida la doncella quiso saber lo que había visto y encontrado en el camino, y él le hizo saber todo. Por último le preguntó su nombre. A esto él replicó: "Me llamo Cristiano, y por tanto tengo mucho deseo de hospedarme aquí esta noche, pues según entiendo, este edificio fue levantado por el Señor del Collado para el alivio y seguridad de los peregrinos." Al oir esto la doncella sonrió, a la vez que algunas lágrimas se deslizaron por sus mejillas; y después de una breve pausa, dijo: "Llamaré a dos o tres más de la familia." Llamó, pues, a Prudencia, Piedad y Caridad, quienes después de haber conversado un poco más con Cristiano, le felicitaron. Luego muchos miembros de la casa vinieron a recibirle, cantando: "Entra, bendito del Señor; que esta casa fue edificada precisamente para hospedar a peregrinos como tú."

Piedad, Prudencia, Caridad

Cristiano pues, inclinó la cabeza y las siguió adentro. Así que hubo entrado y se hubo sentado, le dieron con qué apagar su sed, y resolvieron que mientras se preparaba la cena, algunos de ellos conversaran con Cristiano, para aprovechar el tiempo; y en efecto nombraron a Piedad, Prudencia y Caridad. De esta manera comenzaron la conversación.

Piedad. ¿Qué fue lo que te movió primero a emprender la vida de peregrino?

Cristiano. Fui impelido a salir de mi tierra por un ruido que sonaba en mis oídos, el cual decía que me había de alcanzar una inevitable destrucción si yo seguía viviendo en aquel lugar. Sin saber a dónde ir, por fortuna vino a mí un hombre, cuyo nombre es Evangelista; él me dirigió a la puerta angosta, la cual yo solo nunca hubiera hallado, y me puso en el camino que me ha conducido directamente a esta casa.

Piedad. ¿No pasaste por la casa de Intérprete?

Cristiano. Sí, y allí vi cosas que nunca olvidaré mientras viva; particularmente tres, a saber: cómo Cristo, a pesar de Satanás, mantiene su obra de gracia en el corazón; el hombre que pecó tanto hasta desesperar de la misericordia de Dios, y el caso del que soñaba que el día del juicio había llegado. También me enseñó un soberbio palacio; y vi cómo lograron entrar las gentes que allí se vestían de oro; pues vi a un hombre valiente abrirse paso entre la gente armada que defendía la puerta para no dejarle entrar, al mismo tiempo que otros le dijeron que entrara a obtener la gloria eterna.

Cristiano Repasa sus Aventuras

Piedad. ¿Qué más viste en el camino?

Cristiano. Pues había caminado un poco más cuando vi a uno, al parecer colgado de un madero. Con sólo la vista de El, herido y derramado su sangre, se cayó de mis hombros una pesada carga que hasta aquel momento llevaba. Mientras miraba con asombro, tres Seres Resplandecientes se llegaron a mí. Uno me dio testimonio de que mis pecados estaban perdonados; otro me quitó mis andrajos y me puso este vestido bordado; y el tercero me puso una señal en la frente y me entregó este rollo sellado.

Prudencia Hace Algunas Preguntas

Prudencia. ¿No te acuerdas algunas veces de la tierra de donde vienes?

Cristiano. Sí, pero con mucha vergüenza y horror, mas ahora deseo una patria mejor, la Celestial.

Prudencia. ¿Por qué estás tan ansioso de llegar al Monte de Sión?

Cristiano. Porque allí espero ver vivo al que murió sobre la cruz, y allí espero verme libre de todas las cosas que tanto me mortifican aquí; allí no hay muerte, y allí viviré en la compañía que más me agrada. Pues, a decir la verdad, le amo mucho, porque él me alivió de mi mal interior. Quisiera estar donde nunca jamás moriré, y con aquella compañía que canta sin cesar: "Santo, Santo, Santo."

Caridad. ¿Tienes familia? ¿Eres casado?

Cristiano. Tengo mujer y cuatro hijos.

Caridad. ¿Por qué no los trajiste contigo?

Cristiano. (En esto Cristiano lloró.) ¡Oh! ¡con cuánto gusto lo hubiera hecho! mas todos estaban opuestos a mi viaje. Les dije lo que Dios me había descubierto sobre la destrucción de nuestra ciudad, pero les parecía como un delirio.

Caridad. ¿No oraste a Dios para que diera su bendición a tus consejos?

Cristiano. Sí, lo hice, y con bastante cariño, porque mi mujer y mis pobres hijos me eran muy queridos.

Caridad. ¿Qué razones alegaron para no venir?

Cristiano. Mi mujer temía perder este mundo, y mis

hijos estaban entregados a los deleites de la juventud, de suerte que por una cosa y por otra me dejaron venir solo.

Después vi en mi sueño que se quedaron platicando así hasta que estuvo dispuesta la cena. La mesa estaba cubierta de ricos y sustanciosos manjares, y toda la conversación giró sobre el Señor del Collado; lo que había hecho, y la razón por qué había edificado aquella casa; y por lo que decían, entendí yo que el Señor había sido un gran guerrero, y que había combatido y muerto al que tenía el poder de la muerte, aunque no sin gran peligro, y esto me hizo amarle más.

Porque, como ellos decían, lo hizo con pérdida de mucha sangre. Mas lo que colmó de virtud a todo lo que hizo, fue el haberlo hecho de puro amor a su país. Dijeron también que había hecho príncipes a muchos peregrinos, aunque por naturaleza habían sido mendigos.

De esta manera conversaron hasta muy noche; y después de haberse encomendado a la protección del Señor, se retiraron a descansar. Llevaron al peregrino a una pieza grande en el piso alto, que tenía una ventana que daba al Oriente. El nombre de la recámara era Paz; allí durmió Cristiano hasta el rayar del alba, y cuando despertó, empezó a cantar, diciendo: "¿En dónde estoy ahora? ¡Cuán grande es el amor y cuidado de mi Salvador, que ha provisto todo para los peregrinos a quienes ha perdonado!"

Cuando todos se hubieron levantado del sueño de la noche, y después de cambiados los saludos de la mañana, dijeron a Cristiano que no le dejarían ir hasta que le hubiesen enseñado las maravillas de aquella casa.

Le llevaron primero al archivo donde le enseñaron registros de la mayor antigüedad, entre ellos la genealogía del Señor del Collado, que prueba que es hijo del Anciano de Días y que su descendencia es eterna. Allí también estaba registrado todo lo que había hecho, y los nombres de muchos centenares que le habían servido, y cómo él les había puesto en habitaciones de tal naturaleza que ni el tiempo, por largo que fuese, ni el deterioro, jamás las podrían destruir.

Las Doncellas Leen a Cristiano

Luego le leyeron las hazañas famosas de algunos de sus siervos; cómo habían subyugado reinos, obrado justicia, alcanzado promesas, tapado las bocas de los leones, apagado fuegos impetuosos, evitado el filo del cuchillo, y cómo habían sido fuertes en batallas y trastornado los campos de enemigos extraños.

En seguida le leyeron en otros registros de la casa, donde consta cuán pronto está el Señor a recibir en su favor a cualquiera, aun aquellos que en tiempos pasados hicieron grandes ofensas a su persona y procedimientos. Había allí también otras varias historias de cosas famosas que mostraron a Cristiano, tanto antiguas como modernas, juntamente con profecías y predicciones de acontecimientos que a su tiempo se han verificado, tanto para terror y asombro de los enemigos, como para consuelo y solaz de los peregrinos.

Al día siguiente le condujeron a la armería, donde le mostraron toda clase de armas que el Señor había provisto para los peregrinos, como espadas, escudos, yelmos, corazas, y zapatos que no se gastan. Había allí bastante para armas en el servicio de su Señor, a tantos hombres como estrellas hay en el firmamento.

También le enseñaron los instrumentos con los cuales algunos de sus siervos habían hecho cosas notables. Le mostraron la vara de Moisés; el martillo y clavo con que Jael mató a Sísara; los cántaros, trompetas y lámparas con que Gedeón puso en fuga a los ejércitos de Madián. Luego le enseñaron la aguijada de bueyes con que Samgar mató a seiscientos hombres, y la quijada con que Samsón hizo sus proezas.

Le enseñaron la honda y la piedra con que David mató a Goliat de Gath, y también la espada con la cual el Señor matará al Hombre de Pecado el día cuando se levante para la presa.

Una Vista de la Tierra de Emmanuel

Luego vi en mi sueño que al día siguiente Cristiano se levantó para seguir su camino, pero le rogaron que permaneciese un día más. "Entonces," dijeron ellos, "si hace buen día te mostraremos las Montañas Deleitables, cuya vista aumentará tu consuelo." A esto consintió y se quedó. En la mañana, pues, le condujeron a la azotea de la casa y le dijeron que mirase hacia el Sur. Y he aquí, a una gran distancia vio un país montañoso de muy agradable aspecto, hermoseado por selvas, viñas, frutos de toda especie, flores, manantiales y fuentes, todo muy deleitable a la vista. Entonces preguntó Cristiano el nombre del país, y le contestaron que era la Tierra de Emmanuel; "y es tan libre," dijeron, "como lo es este collado para todos los peregrinos. Cuando llegues allí, desde ese país podrás ver hasta la puerta de la Ciudad Celestial, como te enseñarán los pastores que moran en aquellas alturas."

Cristiano Vestido de Armadura

Ahora Cristiano quería seguir su camino, y los de la casa convinieron con él en lo mismo. "Pero antes," dijeron ellos, "vamos de nuevo a la armería." Así lo hicieron, y armaron a Cristiano de pies a cabeza con armas a toda prueba, para que pudïese defenderse en caso de ser asaltado en el camino. Estando pues armado así, Cristiano se dirigió a la puerta acompañado de sus amigas; y allí preguntó al portero si había visto pasar a algún peregrino. El portero contestó que sí.

Cristiano. Te ruego que me digas si lo conoces.

Portero. Le pregunté su nombre, y me dijo que se llamaba Fiel.

Cristiano. Oh, lo conozco; es de mi pueblo; es mi vecino; viene del lugar donde nací. ¿Crees que habrá avanzado mucho?

Portero. Ya debe haber llegado al pie del Collado.

Cristiano. Bien, buen portero, el Señor sea contigo, y añada abundantemente a todas tus bendiciones por la bondad que me has mostrado.

Discreción, Piedad, Caridad y Prudencia insistieron en acompañarle hasta el pie del collado. "Entonces," dijo Cristiano, "según veo, es tan peligroso bajar como subir." "Sí," dijo Prudencia, "es muy difícil al hombre descender al Valle de la Humillación sin tropezarse; por esta razón te acompañamos." Luego comenzó Cristiano a bajar con gran cuidado; sin embargo, resbaló más de una vez.

Luego vi en mi sueño que cuando Cristiano llegó abajo, estas buenas compañeras le dieron un pan, una botella de vino y un racimo de uvas, y despidiéndose de él, le dejaron seguir su camino solo.

CAPITULO IV

En este Valle de Humillación, el pobre Cristiano se vio muy apurado; pues había andado poco cuando divisó a un enemigo maligno que venía a su encuentro, cuyo nombre era Apolión. Cristiano comenzó a temer, y a pensar qué sería mejor, si retroceder o quedarse firme. Mas se acordó de que no tenía armadura en sus espaldas, y por lo tanto, correrle al enemigo sería darle mayor ventaja; pues con facilidad podía herir con sus dardos. Esta reflexión le hizo resolver arriesgarse y mantenerse firme.

La Lucha con Apolión

Cristiano siguió su camino, y a poco trecho Apolión le encontró. El monstruo era de horrible aspecto; estaba vestido de escamas como de pescado, de lo cual se gloriaba; tenía alas como dragón, pies de oro, y su boca era como la boca de un león. Cuando llegó a Cristiano lo miró con desdén y le interrogó.

Apolión. ¿De dónde vienes y a dónde vas?

Cristiano. Vengo de la Ciudad de Destrucción, y voy a la Ciudad de Sión.

Apolión. Por esto veo que tú eres uno de mis súbditos, pues todo aquel país es mío, y yo soy príncipe y dios de él. ¿Cómo es, pues, que has huído de tu rey? Si no esperara que todavía me has de servir, te derribaría de un golpe a tierra.

Cristiano. Es cierto que nací en tus dominios, mas tu servicio es duro, y tu paga es tal que es imposible mantenerse con ella, porque la paga del pecado es muerte. Por esta razón, cuando llegué a tener juicio, hice como hacen otras personas prudentes, esto es, pensé en mejorar mi suerte.

Apolión. No hay príncipe alguno que tan fácilmente quiera perder súbditos, ni yo me conformo con perderte a ti; pero ya que te quejas del servicio y del salario, vuélvete, pues te prometo darte de todo lo que nuestra tierra produce.

Cristiano. Pero me he comprometido a servir a otro, a saber, al Rey de reyes; ¿cómo, pues, puedo irme contigo y ser honrado?

Apolión. En esto has hecho según el adagio: "De mal en peor," pero sucede que los que profesan ser sus siervos, en poco tiempo huyen de él y se vuelven a mí. Haz tú lo mismo y te irá bien.

Cristiano. Le he prometido, y he jurado serle fiel; ¿cómo, pues, podré retroceder y no ser castigado por traidor?

Apolión. Hiciste lo mismo conmigo, pero, a pesar de todo, estoy pronto a perdonarte con tal que quieras volver.

Cristiano. El Príncipe bajo cuya bandera sirvo, es capaz de absolverme y perdonarme de todo lo que hice en tu servicio. Y también, ¡oh destructor Apolión!, si he de hablar verdad, su servicio de él, su paga, sus siervos, su gobierno, su compañía y su país me gustan más que los tuyos; deja, pues, tu intención de persuadirme, pues es pérdida de tiempo: soy su siervo y a él le seguiré.

Apolión. Tú sabes que la mayor parte de sus siervos tienen mal fin, porque son transgresores de mis leyes. ¿Cuántos de ellos no han sido víctimas de una muerte vergonzosa? Además, aunque tú crees que su servicio es mejor que el mío, él jamás ha venido desde el lugar donde habita a librar a los que le han servido, sin embargo, yo, como todo el mundo sabe, muchas veces he librado, sea por fuerza o por sutileza, a los que me han servido fielmente, de las manos de él y de los suyos. De la misma manera te libraré a ti.

Cristiano. La causa por qué suele tardarse en librarles al presente, es porque quiere probar su amor y ver si le serán fieles hasta el fin. Ellos no buscan la libertad presente, porque esperan poseer la gloria; y la tendrán cuando su Príncipe venga en gloria con sus santos ángeles.

Apolión. Tú le has sido infiel ya en su servicio; ¿cómo, pues, esperas recibir de él recompensas?

Cristiano. ¿En qué he sido infiel, Apolión?

Apolión. Te desmayaste al comenzar tu viaje cuando casi te sofocabas en el Pantano de la Desconfianza. Pretendiste por muchos modos librarte de tu carga, debiendo haber esperado hasta que tu Príncipe te la hubiera quitado. Te dormiste culpablemente y dejaste perder tus cosas de valor. También casi estuviste a punto de retroceder por miedo a los leones. Y cuando hablas de tu viaje, de lo que has visto y oído, verdaderamente tu corazón indica la vanagloria en todo lo que dices y haces.

Cristiano. Todo es cierto, y mucho más pudieras decir, pero el Príncipe a quien yo sirvo y honro, es misericordioso y pronto en perdonar. Además, estas enfermedades se apoderaron de mí en tu tierra, donde las heredé, y he gemido bajo su peso, pero me he arrepentido de ellas, y he alcanzado perdón de mi Príncipe.

Entonces Apolión, no pudiendo contener su rabia, prorrumpió en voces, diciendo: "Soy enemigo de ese Príncipe, aborrezco su persona, sus leyes, y su pueblo; he salido con el propósito de matarte."

Cristiano. Apolión, ten cuidado de lo que haces, porque estoy en el camino del Rey, el cual es camino de santidad; por tanto, cuídate.

Entonces Apolión, ocupando todo lo ancho del camino, dijo: "No creas que tengo miedo. Prepárate para morir; pues juro por mi caverna infernal que de aquí no pasas; aquí derramaré tu sangre."

Diciendo esto, le arrojó un dardo encendido al pecho, mas Cristiano tenía un escudo en el brazo, con el cual evitó ese peligro. Luego Cristiano desenvainó su espada, pues vio que ya era tiempo de defenderse. Apolión, por su parte, le asaltó con furor, lanzándole dardos tan espesos como el granizo, de manera que a pesar de todo lo que podía hacer Cristiano para evitarlos, Apolión le hirió en la cabeza, en la mano y el pie. Esto hizo que Cristiano retrocediese un poco; entonces Apolión le acometió aun con más furor, pero Cristiano se rehizo y resistió con todo el vigor que pudo.

Este terrible combate duró más de medio día, hasta que Cristiano estaba ya casi rendido, pues a causa de sus heridas, iba sintiéndose más y más débil. Entonces Apolión, viendo su oportunidad, comenzó a acercarse más a Cristiano, y luchando cuerpo a cuerpo con él logró tirarle al suelo con tanta violencia que a éste se le escapó la espada de la mano. Viendo esto, Apolión exclamó: "Ahora te tengo seguro." y le apretó de tal suerte que casi le sofocó; y Cristiano empezaba a desesperar de su vida.

Pero quiso Dios que cuando Apolión estaba para descargar su último golpe para acabar con este hombre, Cristiano alargó su mano hacia su espada y la tomó, diciendo: "No te huelgues de mí, enemigo, porque aunque caí, he de levantarme." Con esto le dio una estocada de muerte que le hizo retroceder como uno herido mortalmente.

Cristiano, notando esto, le acometió de nuevo, diciendo: "Antes, en todas estas cosas hacemos más que vencer por medio de Aquél que nos amó." Y con esto Apolión abrió sus alas de dragón y huyó, y Cristiano no le volvió a ver jamás.

Cristiano Da Gracias a Dios por la Victoria

De este combate, nadie que no lo haya visto y oído como yo, puede imaginarse lo espantoso y horrible de los gritos de Apolión, y por otra parte los suspiros y gemidos que salían del corazón de Cristiano. Ni una sola vez le vi echar una mirada agradable en todo el tiempo, sino cuando hubo herido a Apolión con su espada de dos filos; entonces sí se sonrió y miró hacia arriba; es el más terrible combate que yo jamás haya visto.

Cuando la pelea hubo terminado, Cristiano dijo: "Aquí daré gracias a Aquél que me ha librado de la boca del león; a Aquél que me ayudó contra Apolión." Y así lo hizo, diciendo: "Gran Beelzebub, el capitán de este maligno, proyectó mi ruina, y para este fin le envió armado, y él con furia infernal me acometió. Mas el Príncipe bendito me auxilió, y yo con la fuerza de mi espada pronto obtuve la victoria. Por lo tanto, a él le alabaré yo eternamente y daré gracias, y bendeciré para siempre su santo nombre."

Sus Heridas son Sanadas

Luego que hubo dicho esto, se le presentó una mano con unas hojas del árbol de la vida, las cuales Cristiano tomó y las aplicó a las heridas que recibió en la batalla, y al instante quedó curado. Después se sentó en aquel lugar a comer pan y beber de la botella que poco antes le habían regalado; y siendo refrescado por ello, siguió su camino con la espada desenvainada, pues decía: "No sé si habrá algún otro enemigo cerca." Mas no tuvo otro asalto en todo ese valle.

El Valle de Sombra de Muerte

Al fin de ese Valle de Humillación había otro, llamado el Valle de Sombra de Muerte, y preciso era que Cristiano lo atravesase, pues en medio de él estaba el camino de la Ciudad Celestial. Este valle era un lugar muy solitario; el profeta Jeremías así habla de él: "Un desierto, una tierra desierta y despoblada, tierra seca y de sombra de muerte: una tierra por la cual no pasó varón (sino el Cristiano), ni allí habitó hombre."

Aquí Cristiano se vio más apurado que cuando luchaba con Apolión, como se verá más adelante.

Vi luego en mi sueño que cuando Cristiano llegó al borde del Valle de Sombra de Muerte, se encontró con dos hombres que volvían atrás a toda prisa. Eran hijos de aquellos que vituperaron la tierra, a los cuales Cristiano habló de esta manera:

Cristiano. ¿A dónde van ustedes?

Hombres. ¡Atrás! ¡Atrás!, y si estimas en algo tu vida o la paz, te aconsejamos que hagas lo mismo.

Cristiano. Pues, ¿qué hay?

Hombres. ¿Qué hay? Dirigiéndonos por el camino que tú llevas, avanzamos hasta donde nos atrevimos, aún más de lo prudente, pues si hubiéramos ido un poco más abajo, no hubiéramos podido regresar aquí para darte las noticias.

Cristiano. Pero, ¿qué han encontrado?

Hombres. Pues, estábamos casi en el Valle de Sombra de Muerte, pero por fortuna miramos hacia adelante y divisamos el peligro antes de llegar a él.

Cristiano. Pero, ¿qué es lo que han visto?

Hombres. ¡Visto! Vimos el Valle que es tan negro como la brea; vimos también los duendes, sátiros y dragones del abismo; oímos también en ese Valle un continuo aullar y gritar, como de gentes en miseria indecible, que allí están sentadas en aflicción y cadenas, y sobre ese Valle cuelgan las terribles nubes de la confusión. La muerte también extiende constantemente sus alas sobre él. En una palabra, todo es horrible y en extremo desordenado.

Cristiano. A pesar de todo lo que me han dicho, sé que éste es el camino que debo seguir para llegar al deseado puerto.

Hombres. Será tu camino; pero nosotros no iremos por él.

Diciendo esto se marcharon, y Cristiano siguió su camino, aunque siempre con la espada desnuda en su mano, temeroso de ser asaltado.

Vi luego en mi sueño que por todo el trecho de este

Valle, a mano derecha había una profunda zanja, a donde los ciegos han sido guiados por otros ciegos en todo tiempo, habiendo todos perecido allí miserablemente. Vi también a mano izquierda un peligroso lodazal, en el cual si uno se cae, no encuentra fondo sobre qué pararse. En ese pantano cayó el rey David una vez, y sin duda se hubiera ahogado allí si no le hubiera sacado el Poderoso.

El camino por esta parte era muy estrecho, y por lo tanto el buen Cristiano se vio muy apurado, porque cuando procuraba en la obscuridad evitar la zanja por un lado, corría peligro de caerse en el pantano por el otro, y viceversa.

Atacado por Espíritus Malignos

Casi a la mitad de este Valle, noté que estaba la boca del infierno, muy cerca del camino. Ahora pensativo, Cristiano dijo: "¿Qué haré?" Vi cómo las llamas y el humo salían con mucha abundancia, con chispas y ruidos horribles. Estas cosas no hacían caso de la espada de Cristiano como hacía Apolión, de manera que determinó envainarla y usar otra arma que se llama "Oración." Y así exclamó: "Libra ahora, oh Señor, mi alma."

De esta manera siguió por mucho tiempo; las llamas de vez en cuando llegaron hasta donde él estaba; también oyó voces dolorosas que corrían de todas partes, tanto que a veces creía que iba a ser despedazado o pisoteado como el lodo de las calles. Este terrible espectáculo, y estos horribles ruidos le siguieron por muchas leguas. Y cuando llegó a cierto lugar le pareció que venía hacia él una compañía de espíritus malignos. Se detuvo para pensar lo que debía hacer. A veces casi se inclinaba a retroceder; luego pensaba que tal vez había atravesado ya la mitad del Valle. Se acordó también de que había vencido ya muchos peligros; y juzgó que el riesgo de retroceder podría ser mayor que el de avanzar. Así resolvió seguir;

sin embargo los demonios parecían acercarse más y más. Pero cuando llegaron casi donde él estaba, Cristiano gritó con voz alta: "Andaré en la fortaleza del Señor." A esto se fueron atrás y no volvieron a molestarle más.

Al seguir caminando por el Valle, le pareció oir la voz de un hombre delante de él diciendo: "Aunque ande en Valle de Sombra de Muerte, no temeré mal alguno, porque Tú estarás conmigo."

Al oir esto Cristiano, se alegró por varias razones:

Primero: Porque de eso infirió que algún otro que temía a Dios andaba también por ese Valle.

Segundo: Porque apercibió que Dios estaba con ellos aun en ese estado tan tenebroso y triste.

Tercero: Porque abrigaba la esperanza de tener un compañero más adelante.

Por tanto siguió su camino y dio voces al que iba delante, mas éste no sabía qué contestar, creyéndose también solo. Poco después el día amaneció, y Cristiano dirigió su vista hacia atrás, no con el deseo de volverse, sino para ver, con la luz del día, los peligros que había pasado. Así vio mejor la zanja que estaba de un lado, y el lodazal por el otro; y cuán angosto era el camino por entre los dos. Vio ahora también los duendes, los sátiros y los dragones del abismo, pero todos a grande distancia, porque con la luz no se acercan.

Ya el sol empezaba a salir. Esto fue otra misericordia para Cristiano, porque hay que notar que si la primera parte del Valle de Sombra de Muerte era peligrosa, la segunda, que todavía le faltaba atravesar, era aún más peligrosa si se quiere. Mas, como he dicho, el sol estaba saliendo ya. Entonces dijo Cristiano: "Dios hace resplandecer su candela sobre mí; a la luz de la cual yo camino en la oscuridad."

Papa y Pagano

Con esta luz llegó al fin del Valle, donde vi en mi sueño que había sangre, huesos, cenizas y cuerpos mutilados de hombres, aun cuerpos de peregrinos que habían pasado por allí en otros tiempos. Mientras pensaba cuál.sería la causa, vi un poco más adelante una cueva en la que vivían antiguamente dos gigantes llamados Papa y Pagano, por cuyo poder y tiranía fueron muertos aquellos hombres cuyos huesos, sangre y cenizas estaban allí regados.

Pero Cristiano pasó por este lugar sin mucho peligro, lo cual me causó admiración. Pero después supe que Pagano había muerto hacía mucho tiempo; y con respecto al otro, aunque todavía vive, por estar tan decrépito por los muchos ataques vigorosos que sufrió en sus mejores días, y por sus coyunturas tan rígidas a causa de la vejez, ahora ya no puede hacer más que sentarse a la boca de su cueva, rechinando sus dientes cuando pasan los peregrinos, y mordiéndose las uñas porque no los puede alcanzar.

Vi, pues, que Cristiano siguió su camino, diciendo: "¡Oh mundo de maravillas!, pues no menos puedo decir, al verme preservado del apuro que en él he encontrado. Bendita sea la mano que así me libertó. Me rodearon en este valle los peligros de las tinieblas, los demonios, el infierno y el pecado. Lazos, hoyos, trampas y redes cercaron mi camino a fin de que yo, pobre y necio, fuera atrapado, enredado y derribado. Mas ya que vivo, seáme permitido dar al Señor Jesús la gloria."

CAPITULO V

Cristiano se Encuentra con Fiel

Siguiendo Cristiano su camino, llegó a un lugar poco elevado, hecho a propósito para que los peregrinos pudieran desde él ver hacia adelante. Subió, pues, y mirando hacia adelante vio a Fiel. Entonces gritó: "¡Hola! ¡Alto! aguarda y seré tu compañero." Con esto, Fiel miró hacia atrás, y Cristiano le volvió a gritar: "Espera, espera hasta que yo te alcance." Mas Fiel replicó: "No puede ser, porque mi vida está en peligro, pues el vengador de sangre viene tras mí."

Oyendo esto, Cristiano se conmovió, y haciendo un gran esfuerzo, no sólo alcanzó a Fiel, sino que aun lo pasó, de suerte que el último llegó a ser primero. Cristiano se sonrió, vanagloriándose de haber pasado a su hermano; mas, no poniendo cuidado a sus pasos, repentinamente tropezó y cayó, y no pudo levantarse hasta que Fiel vino a socorrerlo.

Vi luego en mi sueño que anduvieron juntos, platicando dulcemente sobre todas las cosas que les habían acontecido en su peregrinación; y así Cristiano empezó diciendo:

Cristiano. Me alegro de haberte alcanzado y de que Dios haya templado de tal suerte nuestros espíritus, que podamos andar como compañeros en este camino tan agradable.

Fiel. Caro amigo, pensé haber gozado de tu compañía desde nuestro pueblo, pero tú saliste antes que yo, y por lo tanto me vi obligado a venir solo hasta aquí.

Cristiano. ¿Cuánto tiempo permaneciste en la Ciudad de Destrucción después que salí?

Fiel. Hasta que ya no pude quedarme más, porque después de tu salida se habló mucho de que nuestra ciudad dentro de poco había de ser destruida por fuego del cielo.

Cristiano. ¡Cómo! ¿Así hablaban nuestros vecinos?

Fiel. Sí, y por algún tiempo esa fue la única cosa de que se hablaba.

Cristiano. ¡Es posible! ¿Y sólo tú de entre todos saliste para escapar del peligro?

Fiel. Aunque hubo, como he dicho, mucha parlería tocante al asunto, no pienso yo que de veras lo creían, porque en las conversaciones oí que algunos hacían burla de ti y de tu desesperado viaje; pues así calificaron tu peregrinación. Mas yo creía, y todavía lo creo, que al fin nuestra ciudad será destruida con fuego y azufre del cielo, y por esto me he escapado.

Hablan de Flexible

Cristiano. ¿No oíste hablar del vecino Flexible?

Fiel. Sí, Cristiano; supe que te había seguido hasta el Pantano de la Desconfianza, en donde cayó, según dicen algunos; pero él no quería que se supiese, aunque regresó a su casa cubierto de lodo del Pantano.

Cristiano. ¿Y qué le decían los vecinos?

Fiel. Pues, desde que se volvió le han tratado con gran desdén, y eso por toda clase de gente; algunos le hacen burla y le desprecian, y casi nadie quiere emplearlo. Está ahora siete veces peor que si nunca hubiera salido de la ciudad.

Cristiano. Pero, ¿por qué se oponen tanto a él, si también desprecian el camino que él abandonó?

Fiel. Oh, dicen de él: "¡Cuélguenlo! es un renegado; no fue fiel a su profesión." Yo creo que Dios ha obrado para que aun sus enemigos se mofen de Flexible y hagan un proverbio de él por haber abandonado su camino.

Cristiano. ¿Y tú no platicaste con él antes de emprender tu viaje?

Fiel. Una vez lo encontré en la calle, pero huyó al otro lado como avergonzado de lo que había hecho; por eso no le hablé.

Cristiano. Al principio de mi viaje tenía esperanzas en ese hombre, mas ahora temo que perecerá en la ruina de la ciudad.

Fiel. Eso me temo yo también, pero ¿quién podrá saber lo que sucederá?

Cristiano. Bien, vecino Fiel, dejemos esto y platiquemos de las cosas que más nos conciernen. Dime ahora lo que has encontrado en el camino, porque yo sé que has visto cosas notables.

Las Experiencias de Fiel

Fiel. Escapé del Pantano, en el cual creo que tú caíste, y llegué a la Puerta sin ese peligro; solamente me encontré con una llamada Lasciva, que quiso hacerme daño.

Cristiano. Bueno es que escapaste de su red; debido a ella, José en Egipto se vio bien apurado, y escapó como tú; pero por poco le iba a costar la vida. Pero ¿qué te hizo?

Fiel. No te podrías imaginar, si no la conocieras algo, la lengua lisonjera que tiene. Me estrechó tenazmente, incitándome con dulzura a que me desviara y me fuera con ella, prometiéndome toda suerte de placeres.

Cristiano. Gracias a Dios que escapaste de ella. ¿Fuiste asaltado alguna vez en el camino?

Fiel. Cuando llegué al pie del collado llamado Dificultad, me encontré con un hombre muy anciano, el cual me preguntó quién era y adónde iba. Le dije que era peregrino y que iba a la Ciudad Celestial. Entonces el anciano dijo: "Pareces ser hombre honrado; ¿quisieras venir a vivir conmigo y ganar buen sueldo?" Con esto le pregunté su gracia y el lugar de su habitación. Me dijo que se llamaba **Adán Primero** y que vivía en el pueblo de **Engaño.** En seguida pregunté cuál era su trabajo y qué sueldo me daría. Contestó que su trabajo era muchos deleites, y que por sueldo me haría su heredero al fin. Le pregunté también qué clase de casa tenía, y si tenía otros siervos. Me dijo que su casa estaba llena de todas las delicias del mundo, y que sus siervos eran los que él mismo engendraba. Entonces quise saber cuántos hijos tenía. Dijo que sólo tenía tres hijas: Concupiscencia de la Carne, Concupiscencia de los Ojos y Soberbia de la Vida, y que podía casarme con ellas si quería. Por último le pregunté por cuánto tiempo quería que le sirviera, y me contestó que para siempre.

Cristiano. ¡Vaya! ¿Y en qué se arreglaron por fin?

Fiel. Pues por el momento me hallé algo inclinado a irme con él, porque parecía que hablaba de buena fe; mas al mirarle la frente cuando platicábamos, vi que tenía escrito allí estas palabras: "Despójate del viejo hombre con sus hechos."

Cristiano. ¿Y entonces qué?

Fiel. Entonces se me vino a la mente, de manera viva y ardiente, que por más que decía y adulaba, tan luego como me tuviera en su casa me vendería como esclavo. Por eso le dije que no quería acercarme ni aun a la puerta de su casa. Luego me maldijo, y dijo que enviaría tras mí a uno que convirtiese mi camino en amargura para mi alma. Luego seguí cuesta arriba. Cuando llegué a la mitad de la subida, miré atrás y vi que venía uno siguiéndome con más velocidad que el viento; y me alcanzó casi en el lugar donde está el cenador.

Cristiano. Precisamente allí me senté yo a descansar, mas el sueño se apoderó de mí y allí perdí este rollo que se me cayó de las manos.

Fiel. Pero, mi buen hermano, escúchame hasta el fin. Tan pronto como me alcanzó el hombre, no hubo más que una palabra, y luego me dio un golpe tan fuerte en el pecho que me tiró al suelo, y allí yacía como muerto a sus pies. Mas cuando volví en mí, le pregunté por qué me había tratado así. Me dijo que porque me había sentido inclinado a irme con **Adán Primero**. Le pedí misericordia, pero dijo: "No sé mostrar misericordia," y de nuevo me derribó. Sin duda hubiera acabado conmigo, si no hubiera sido por Uno que pasó por allí que le ordenó desistir.

Cristiano. ¿Quién era ese?

Fiel. Al principio no lo conocí; pero cuando pasaba noté las heridas que tenía en sus manos y costado; luego comprendí que era nuestro Señor. Y así pude seguir cuesta arriba.

Cristiano. El hombre que te alcanzó era Moisés. No perdona a nadie, ni sabe tener misericordia de los que traspasan su ley.

Fiel. Bien lo sé; no es la primera vez que me ha encontrado. Ese mismo es el que me visitó cuando vivía tranquilo en mi casa, y me dijo que la quemaría encima de mí si me quedaba en ella.

Cristiano. Pero dime: ¿no encontraste a nadie en el Valle de Humillación?

Fiel. Sí, me encontré a un tal Descontento, el cual trató de persuadirme a volverme con él, siendo su argumento que el pasar ese valle era una deshonra. Me dijo además, que el irme por allí era el modo seguro de desagradar a todos mis amigos, como Orgullo, Arrogancia, Amor Propio y Gloria Mundanal, con otros que él sabía que de cierto se habían de dar por muy ofendidos, si fuera yo tan tonto que atravesase ese Valle.

Cristiano. Bueno, ¿y cómo le contestaste?

Fiel. Le dije que él estaba grandemente equivocado, pues antes del honor está la humildad, y el espíritu de orgullo precede a la caída. "Por lo tanto," le dije, "prefiero atravesar este valle para llegar a lo que los más sabios han estimado una honra, que escoger lo que tú consideras como más digno de nuestro aprecio."

Cristiano. ¿No encontraste a ningún otro en ese Valle?

Fiel. Sí, encontré a Vergüenza; pero creo que de todos los hombres que he encontrado en mi viaje, éste es el que más impropiamente lleva su nombre. Los otros hacían caso, y después de un poco de argumentar se les podía hacer callar, pero este atrevido Vergüenza nunca quiso ceder.

Vergüenza, un Villano

Cristiano. Pues, ¿qué te dijo él?

Fiel. ¿Qué? Pues hizo varias objeciones contra la religión misma. Dijo que era cosa triste, vil y miserable en un hombre hacer caso de la religión. Dijo que una conciencia tierna no era propia del varón, y que el hombre que está vigilando sus palabras y pasos hasta privarse de la soberbia libertad de que gozan los espíritus valientes de este siglo, se hace objeto de la burla de todos. También me salió con que la religión hace que el hombre desprecie a las personas a causa de unos cuantos vicios (a los cuales él dio nombres políticos), y le hace reconocer y respetar a los de baja esfera por razón de la fraternidad religiosa; "¿y no es esto una vergüenza?," preguntó él.

Cristiano. ¿Y qué contestación le diste?

Fiel. ¿Decir? Al principio no sabía qué decirle, pues tanto abusó de mí, que la sangre se me subió a la cara; el mismo Vergüenza me la subió, y casi me venció. Mas al fin empecé a reflexionar que lo que es más estimado entre los hombres, es tenido como abominación por Dios. También pensé que este Vergüenza me dijo lo que eran los hombres, pero nada de lo que es Dios, ni lo que es la Palabra de Dios. También reflexioné que en el día del juicio no hemos de ser sentenciados a muerte o a vida según los espíritus valientes de este mundo, sino según la sabiduría y ley del Altísimo. Por lo tanto, pensé yo, lo que Dios llama bueno es lo mejor, aunque todos los hombres del mundo se opongan a ello; y los que se hacen necios por el reino del cielo son los más sabios; y que el pobre que ama a Cristo es más rico que el más rico del mundo que le aborrece. Dije a Vergüenza: "Apártate de mí, eres enemigo de mi salvación; ¿y con qué cara le veré cuando venga? Si ahora me avergüenzo de sus caminos y de sus siervos, ¿puedo esperar su bendición?"

Por cierto, el tal Vergüenza es un atrevido villano; difícilmente pude librarme de su compañía; en verdad, me siguió como una sombra, y siempre me insinuaba al oído las flaquezas que acompañan a la religión. Pero al fin le dije que era en vano seguir en su tarea, pues aquellas cosas que él más despreciaba, para mí eran de más honra; y así logré librarme de sus importunidades.

Alcanzan a Locuacidad

A medida que continuaban, vi en mi sueño que Fiel, mirando por casualidad hacia un lado, divisó a un hombre cuyo nombre era Locuacidad, que andaba a su derecha, aunque un poco distante, pues allí era el camino bastante ancho para todos. Era un hombre alto y de parecer más agradable de lejos que de cerca. A este hombre Fiel se dirigió de esta manera:

Fiel: Amigo: ¿Hacia dónde vas? ¿Al País Celestial?

Locuacidad. A ese mismo lugar me encamino.

Fiel. Magnífico; entonces espero que gozaremos de buena compañía.

Locuacidad. De muy buena voluntad seré vuestro compañero.

Fiel. Vamos, pues, juntos, y emplearemos nuestro tiempo en hablar de cosas provechosas.

Locuacidad. El hablar de cosas que sean buenas es para mí muy agradable, ya sea con usted o con otra persona; y me alegro de haberme encontrado con los que se inclinan a tan buena tarea; pues, a decir verdad, hay pocos que así quieren emplear el tiempo en sus viajes; más bien quieren platicar de cosas que no aprovechan, lo cual siempre me ha disgustado.

Fiel. Es de veras algo que se debe lamentar, pues, ¿qué cosa hay más digna que los hombres en este mundo usen la lengua y los labios para las cosas del Dios del cielo?

Locuacidad. Me agrada lo que usted dice, pues revela su convicción, y yo añadiré esto: ¿Qué cosa hay más agradable o provechosa que hablar de las cosas de Dios? Es decir, si el hombre gusta de las cosas maravillosas. Por ejemplo, si un hombre se deleita en hablar de la historia, de los misterios, los milagros y señales, ¿dónde los encontrará narrados de una manera tan agradable, o escritos tan dulcemente como en las Sagradas Escrituras?

Fiel. Eso es cierto, pero nuestro objeto debe ser sacar provecho de las cosas de que hablamos.

Locuacidad. Esto es lo que digo yo, pues el hablar de tales cosas es muy provechoso, porque así el hombre puede tener conocimiento de muchas cosas, como son la vanidad de las cosas terrenales y lo bueno de las celestiales. Esto en general; hablando más particularmente, el hombre puede conocer la necesidad del nuevo nacimiento, la insuficiencia de sus obras, y la necesidad de la justificación por Cristo, etc. Además, puede uno aprender por la conversación qué cosa es arrepentirse, creer, orar, sufrir, y cosas semejantes, y también conocer las grandes promesas y consuelos del Evangelio para su propio bienestar. Así aprenderá uno a refutar las falsas opiniones, defender la verdad, e instruir al ignorante.

Fiel. Todo eso es cierto, y muy contento estoy al oírte hablar de estas cosas.

Locuacidad. Por desgracia, la falta de esto es la causa de que tan pocas personas comprendan la necesidad de la fe y de la obra de gracia en sus almas para alcanzar la vida eterna, y de que ignorantemente vivan en las obras de la ley, por las cuales nadie jamás alcanzará el reino de los cielos.

Fiel. Pero, con tu permiso, el conocimiento espiritual de estas cosas es un don de Dios; nadie las puede alcanzar por esfuerzo humano, ni por sólo hablar de ellas.

Locuacidad. Ya todo lo sé muy bien, pues el hombre nada puede recibir si no se lo dan del cielo. Todo es de gracia, no por obras. Pudiera citar cien textos de la escritura en prueba de ello.

Fiel. Entonces, ¿sobre qué conversaremos ahora?

Locuacidad se Engaña a Sí Mismo

Locuacidad. Sobre lo que quieras. Hablaré de cosas celestiales o terrenales, de cosas morales o evangélicas, de cosas sagradas o profanas, de cosas pasadas o futuras, de cosas extranjeras o del país, de cosas esenciales o accidentales, con tal que sea para nuestro provecho.

Fiel. (Admirándose, y acercándose a Cristiano que andaba aparte.) ¡Qué buen compañero hemos encontrado! Seguramente éste va a ser un peregrino sobresaliente.

Cristiano. (Sonriendo modestamente.) Este hombre que te ha simpatizado tanto, es capaz de engañar con su lengua a veinte hombres que no lo conozcan.

Fiel. ¿Entonces lo conoces tú?

Cristiano. ¡Sí lo conozco! Sí, mejor que lo que él mismo se conoce.

Fiel. Te ruego que me digas quién es.

Cristiano. Su nombre es Locuacidad; vive en nuestra ciudad. Extrañaría que tú no lo conocieras si no considerara que nuestra ciudad es grande.

Fiel. ¿De quién es hijo? ¿En qué parte vive?

Cristiano. Es hijo de un tal Bien-hablado. Vive en el Callejón de la Charla, y es conocido de sus amigos por el nombre de Locuacidad del Callejón de la Charla; mas, a pesar de su lengua suelta, no es más que un miserable.

Fiel. Pero tiene apariencia de hombre decente. Entonces he sido engañado grandemente por este hombre.

Cristiano. ¡Engañado! Y puedes estar seguro de ello. Recuérdate del dicho: "Dicen y no hacen." Pero el reino de Dios no consiste en palabras sino en virtud. Su hogar está tan falto de religión, como lo está de sabor la cara de un huevo. Allí no hay nada de oración ni arrepentimiento del pecado. En verdad es una mancha, reproche y vergüenza en la religión para todos los que le conocen; en todo su barrio hablan desfavorablemente de la religión a causa de él. Por mi parte, opino que ha sido la causa del tropiezo y caída de muchos por su mala vida, y si Dios no lo impide, lo será para otros más.

Fiel. Pues bien, veo que hablar y hacer son dos cosas, y de hoy en adelante tendré presente esta diferencia.

Cristiano. En verdad son cosas tan distintas como el alma y el cuerpo. Esto no lo sabe Locuacidad; él cree que oir y hablar harán buen cristiano a uno, y así engaña a su propia alma. El oir sólo es como sembrar la semilla, y el hablar no basta para probar que haya producido fruto en el corazón y en la vida. Debemos estar convencidos de que en el día del juicio los hombres serán juzgados según sus hechos.

Fiel, Disputa con Locuacidad

Fiel. Pues bien, me agradó mucho su compañía al principio, pero ahora me fastidia. ¿Qué haremos para deshacernos de él?

Cristiano. Recibe mi consejo: entra en una plática seria con él tocante al poder de la religión, y pregúntale francamente (cuando él haya aprobado todo, lo hará con seguridad) si es eso lo que él practica en su corazón, en su casa y en sus costumbres.

Entonces Fiel, acercándose a Locuacidad, le dijo:

Fiel. ¿Cómo vamos, amigo? ¿Qué tal?

Locuacidad. Voy bien, gracias; pero creo que ya hu-

biéramos platicado mucho más en todo este tiempo.
Fiel, pues, le hizo muchas preguntas a Locuacidad
para expresar su parecer, y pronto se convenció de
que sólo sabía hablar, y que no tenía una fe profunda en su corazón. Al fin le dijo Fiel:

Fiel. ¿Has sentido el peso de tus pecados, y has
vuelto la espalda a ellos? ¿Tu vida y tus costumbres
corresponden a la nueva vida? ¿O es que tu religión
consiste en palabras y no en hechos y en verdades?

Locuacidad. (Ruborizándose, m a s recobrándose
pronto, contestó en estos términos): Esta clase de
conversación no la esperaba yo, ni estoy dispuesto a
contestar tales preguntas, pues no me creo obligado
a ello. ¿Por qué me haces tales preguntas?

Fiel. Porque vi que eres muy atrevido en hablar, y
temo que no puedes hacer más que hablar. Además,
para decirte toda la verdad, he oído decir que eres un
hombre cuya religión sólo consiste en palabras, y que
tus hechos desmienten tu profesión.

Locuacidad. Ya que tan pronto escuchas cualquier
rumor, y formas un juicio tan violento, he de creer
que eres un hombre enojadizo y de mal genio, con
quien no debe tratarse; por tanto me despido. ¡Adiós!

En esto llegó Cristiano y le dijo a su hermano: "Ya
te dije lo que había de suceder; tus palabras y su
corazón no podían estar de acuerdo. El prefiere abandonar tu compañía que reformar su vida."

¡Cómo hablaba Locuacidad al principio! ¡Cómo
pretendía humillar a todos! Mas tan pronto como Fiel
le habló de la experiencia del corazón, se menguó como la luna después del plenilunio. Y así sucederá con
todos los que no poseen la gracia en el corazón.

Los peregrinos siguieron su camino, platicando de
lo que habían visto, y así amenizaron su viaje, que
de otra manera les hubiera sido penoso, puesto que
entonces atravesaban un desierto.

CAPITULO VI

Apenas hubieron salido de aquel desierto, Fiel miró atrás y vio venir a uno que conocía bien.

Evangelista se Une a Ellos

"¡Oh!", dijo Fiel a su hermano: "¿Sabes quién viene allí?" Entonces Cristiano miró y dijo: "Es mi buen amigo Evangelista." "Sí," dijo Fiel, "el mío también, pues él me enseñó el camino hacia la puerta angosta." En esto Evangelista llegó y los saludó.

Evangelista. La paz sea con vosotros, muy amados, y con todos vuestros ayudadores.

Cristiano. Bienvenido, mi buen Evangelista; la vista de tu rostro me trae a la memoria tu antigua bondad y tus trabajos incansables por mi bien eterno.

Fiel. Y mil veces bienvenido. ¡Cuán deseable es tu compañía, oh amable Evangelista, para nosotros los pobres peregrinos!

Evangelista. ¿Cómo os ha ido, amigos míos, desde que nos separamos la última vez? ¿Qué cosas habéis encontrado, y cómo os habéis portado?

Entonces Cristiano y Fiel le dijeron de cuanto les había acontecido en el camino, y de cómo habían llegado a donde estaban.

Evangelista. Grande gozo tengo, no porque hayáis encontrado dificultades, sino porque habéis sido vencedores y habéis continuado en el camino hasta el día de hoy. Está delante la corona, la cual es incorruptible; por lo tanto, "corred de tal manera que la obtengáis." Hay quienes emprenden la carrera para alcanzar esta corona, y después de haber adelantado mucho, viene otro y se la arrebata. "Retened, pues, lo que tenéis, para que ninguno tome vuestra corona."

Estáis casi fuera del desierto, y pronto llegaréis a una población que está muy cerca, en donde los enemigos harán todo lo posible para quitaros la vida; y podéis estar seguros de que uno, o tal vez dos, tendréis que sellar vuestro testimonio con sangre; mas sed fieles hasta la muerte y el Rey os dará una corona de vida.

Los Peregrinos en la Feria de Vanidad

Vi luego en mi sueño que cuando hubieron salido del desierto, llegaron pronto a un pueblo cuyo nombre era Vanidad, y en el cual se celebraba una fiesta llamada Feria de Vanidad. Se llama así porque el pueblo es más vano que la misma vanidad, y porque todo lo que allí se vende, o que de allí viene, es vanidad, según el dicho del sabio: "Vanidad de vanidades, todo es vanidad."

Esta feria no es moderna, sino muy antigua. Desde hace cinco mil años había peregrinos que viajaban a la Ciudad Celestial, como ahora lo hacen estos dos buenos hombres: y Beelzebub, Apolión y Legión con sus compañeros, notando que el camino que los peregrinos seguían pasaba por este pueblo de Vanidad, se convinieron en establecer esta feria para la venta de toda clase de vanidades, y que había de durar todo el año.

Hay pues en esta feria mercancías tales como casas, terrenos, oficios, empleos, honores, promociones, títulos, países, reinos, concupiscencias, placeres, deleites de todas clases, esposas, maridos, hijos, amos, criados, vidas, sangre, cuerpos, almas, plata, oro, perlas, piedras preciosas, etc., etc. También en esta feria en todo tiempo se pueden ver imposturas, engaños, juegos, payasos, monos, pícaros y bribones, y éstos de toda especie.

Además, como en otras ferias de menos importancia, hay varias calles y callejones con sus propios nombres, donde tales y cuales mercancías se expenden; hay, por ejemplo, las calles Británica, Francesa, Italiana, Española, Alemana, donde se expenden diversas clases de vanidades. Los efectos de Roma son también de gran aceptación.

Ahora, como he dicho, el camino a la Ciudad Celestial pasa precisamente por el pueblo donde se celebra esta feria tan famosa, y el que quisiere ir a la Ciudad Celestial sin pasar por la feria, por fuerza tendría que salirse del mundo. El mismo Príncipe de los príncipes, cuando estuvo en el mundo, atravesó este pueblo para ir a su propio país, y pasó en día de feria; y según creo, era Beelzebub el principal dueño de la feria, quien le invitó en persona a comprar sus vanidades; y hasta le hubiera nombrado dueño de la feria si hubiera consentido hacerle una reverencia al pasar por el pueblo. Más aún: como era persona de tanto honor, Beelzebub le acompañó de calle en calle, y le enseñó todos los reinos del mundo en muy poco tiempo, con el fin de alucinar, si fuera posible, a ese Bendito, y hacerle comprar algo de sus vanidades; pero el Príncipe de Gloria nada quiso de sus mercancías.

Fiel y Cristiano, como he dicho, tuvieron que pasar por esta feria. Apenas entraban cuando toda la gente se conmovió, y el pueblo mismo se alborotó a causa de ellos por varias razones: porque los peregrinos estaban vestidos de trajes muy diferentes a los que se usaban en esa feria, y su lenguaje les era extraño, pues hablaban el idioma de Canaán. Pero lo que más extrañó a esa gente fue que los peregrinos hiciesen poco o ningún caso de sus mercancías; ni ganas tenían de mirarlas siquiera, y cuando les invitaban a comprar, se tapaban los oídos y exclamaban: "Aparta mis ojos, que no vean la vanidad," y mirando hacia arriba daban a entender que sus negocios estaban en el cielo.

Cuando alguien, en tono de burla, les dijo: "¿Qué

compran ustedes?", ellos, mirándole seriamente, dijeron: "Compramos la verdad." Esto fue motivo de más desprecio; algunos les hacían burla, otros les insultaban, y hubo también quien incitara a las gentes a apalearlos. Al fin fue tan grande el tumulto en la feria que se trastornó todo orden. Pronto tuvo conocimiento de ello el principal de la feria, el cual descendió prestamente y encargó a unos de sus más fieles amigos que examinasen a los que habían causado la confusión.

Los Peregrinos Examinados

Con esto los peregrinos fueron llevados ante el tribunal para ser examinados; sus jueces les preguntaron de dónde eran, a dónde caminaban, y por qué andaban en traje tan extraño. Entonces contestaron que eran peregrinos y extranjeros en el mundo, y que iban a su propia tierra, la Nueva Jerusalem, pero que no habían dado motivo a los del pueblo, ni tampoco a los vendedores, para insultarles de tal manera, ni para impedirles su viaje, sino que sólo cuando uno les preguntó qué compraban, les contestaron que sólo querían comprar la verdad.

Pero los que les examinaban declararon que estaban locos, y que sólo habían venido a trastornar las cosas. Por lo tanto, tomando a los peregrinos los azotaron, y llenándolos de lodo, los encerraron en una jaula para servir de espectáculo a todos los concurrentes a la feria.

Allí, pues, se quedaron por algún tiempo, siendo el objeto de la diversión, malicia y venganza de la gente. El principal de la feria se reía de todo lo que les acontecía. Mas, como eran prudentes, no devolvían ultraje por ultraje, sino al contrario, bendiciones, respondiendo con buenas palabras a las malas, y haciendo bien a los que les hacían mal. Algunos hombres de la feria, que eran más juiciosos y menos preocupados que los demás, comenzaron a contener y a regañar a los más viles por sus continuos insultos. Luego, después de muchas disputas, llegaron a hechos, hiriéndose unos a otros. Mas en todo este tiempo los peregrinos se conducían con bastante prudencia en presencia de ellos.

Los Peregrinos en el Cepo

Luego los peregrinos fueron presentados de nuevo delante de sus jueces, y allí acusados de ser la causa del alboroto de la feria. En seguida los apalearon brutalmente, y cargándoles de cadenas los hicieron pasear por toda la feria, para espanto a los demás, para que nadie hablara en su favor ni se juntara con ellos. Con todo esto, Cristiano y Fiel se portaron aún más sabiamente, y aguantaron con tanta humildad y paciencia la degradación y vergüenza de que eran objeto, que varios vecinos de la feria fueron convertidos a su favor, aunque en verdad eran pocos comparados con los demás. Esto exasperó tanto a los contrarios, que resolvieron matar a estos dos hombres, diciendo que no bastaba ni jaula ni cadenas, sino que debían morir por los abusos que habían cometido. Luego les encerraron de nuevo en la jaula hasta nuevas órdenes y les metieron los pies en el cepo.

Allí los peregrinos recordaron lo que su fiel amigo Evangelista les había dicho, y se animaron en medio de sus aflicciones, pues él se las había anunciado. También se consolaban el uno al otro, encomendándose a la sabia disposición de Aquél que gobierna todas las cosas, y permanecieron contentos en su prisión, esperando lo que había de acaecer.

Fiel Frente a la Muerte

Llegado el día señalado, fueron llevados delante del juez y acusados en forma. El nombre del juez era el señor Odio a lo Bueno. La acusación era, en sustancia, la misma contra ambos presos, aunque algo variada en forma, y estaba declarada en estos términos: que eran enemigos y perturbadores del comercio de la feria, que habían originado alborotos y divisiones en el pueblo, y que se habían ganado un grupo para sus muy peligrosas opiniones, con desprecio de la ley de su príncipe.

Entonces Fiel dijo que únicamente se había puesto en contra de todo lo que está opuesto a Aquél que es superior al más elevado. "Y tocante a promover alborotos," dijo, "jamás lo hago, siendo hombre pacífico. Las personas que se pusieron a nuestro lado, lo hicieron al ver nuestra verdad e inocencia, y sólo han sido convertidas de lo malo a lo mejor. Con respecto al rey de quien habláis, que es Beelzebub, es enemigo de nuestro Señor, y lo desafío a él y a todos sus ángeles."

En seguida anunciaron que todos los que tuvieran algo que decir en pro de su señor el rey, y en contra de los presos, compareciesen luego a hacer su declaración. Comparecieron tres testigos, a saber, Envidia, Superstición y Busca Favor, a los cuales se les preguntó si conocían al reo, y qué podían decir en contra de ellos y en pro de su señor el rey. Entonces se adelantó Envidia y dijo en efecto así:

Envidia. Señor, he conocido a este hombre desde hace mucho tiempo, y a pesar de llamarse Fiel, es uno de los más viles de nuestro país. No respeta a príncipe, ni pueblo, a ley ni costumbre, sino que hace todo cuanto puede para contagiar a las personas con sus ideas desleales, las cuales él llama en general principios de fe y santidad. Y le he oído decir que el cristianismo y las costumbres de nuestra población de Vanidad son diametralmente opuestas, y que no pueden ser reconciliadas. Con este dicho, señor, no sólo condena nuestros hechos tan loables, sino también a nosotros por seguirlos.

Luego llamaron a Superstición, y presentándole ante el preso, le preguntaron qué podía alegar en pro

de su señor el rey y en contra del acusado. Tomando
el juramento, empezó su declaración:

Superstición. Señor, no tengo gran conocimiento
de este hombre, ni ganas tengo de conocerle más. Sin
embargo, de que es un hombre muy pernicioso, lo sé
por una plática que tuve con él en este pueblo hace
poco, pues al estar discutiendo con él, me dijo que
nuestra religión de nada sirve, y que con ella es imposible agradar a Dios; cuyo dicho significa que nuestro culto es vano y que por fin seremos condenados.

Después hicieron prestar el juramento a Busca Favor y le ordenaron decir lo que sabía en pro de su
señor el rey y en contra del preso.

Busca Favor. Señor, he conocido a este sujeto por
mucho tiempo, y le he oído vituperar a nuestro noble
príncipe Beelzebub, y ha hablado con desprecio de sus
amigos, como son el señor Viejo Hombre, el señor
Deleite Carnal, el señor Glotón, el señor Deseo de Vanagloria del anciano señor Lujuria, del señor Voraci-
dad, y de todos los demás de nuestra nobleza. Más todavía: hasta se ha atrevido a calumniar a vos, mi
señor, diciendo que sois un bribón, un impío, y ha em-
pleado otros términos más degradantes con los cuales ha enlodado a la mayor parte de la gente decente
de nuestro pueblo.

Cuando Busca Favor hubo concluido su declaración, el juez se dirigió al preso, diciéndole: "Tú, renegado, hereje, traidor, ¿has oído lo que estos honrados
caballeros han testificado en tu contra?"

Fiel. ¿Puedo hablar unas palabras en mi propia de-
fensa?

Juez. ¡Malvado! ¡Malvado! No mereces vivir un
momento más, sino ser ejecutado inmediatamente,
mas, para que todos vean la paciencia con que te tra-
tamos, escucharemos lo que tienes que decir.

Fiel. Digo, pues, en contestación a lo que el señor
Envidia ha declarado, que jamás he dicho más que lo
siguiente: Que cualesquiera de las reglas, leyes, costumbres o personas que estén claramente en contra

de la Palabra de Dios, son diametralmente opuestas al Cristianismo. Si en esto he dicho mal, convencedme del error y estoy pronto a retractarme aquí delante de vosotros.

Con respecto a la acusación que me ha hecho el señor Superstición, debo decir que en el culto de Dios se necesita una fe divina, y que no puede existir una fe divina sin una revelación divina de la voluntad de Dios. Por lo tanto, cualquier cosa que se introduzca en el culto de Dios que no esté de acuerdo con la revelación divina, no puede ser más que una fe humana, fe que no será provechosa para la vida eterna.

Tocante a lo que dijo el testigo Busca Favor, contesto que el príncipe de este pueblo, con toda la canalla de asistentes que este señor nombró, mejor se estuvieran en el infierno que en este pueblo y país. Y así tenga Dios misericordia de mí.

Entonces el juez se dirigió al jurado (que durante todo este tiempo estaban oyendo y observando), diciendo: Señores jurados, véis a este hombre que ha armado tanto alboroto en este pueblo; también habéis oído lo que estos dignos caballeros han declarado contra él; igualmente habéis oído su réplica y confesión. Ahora a vosotros corresponde condenarlo o salvarlo. Sin embargo, antes me parece conveniente instruirlos en nuestra ley.

En los días de Faraón el Grande, siervo de nuestro príncipe, con el fin de que los creyentes de una religión contraria no se multiplicasen y creciesen demasiado fuertes, se promulgó una ley mandando que todo niño varón fuere arrojado al río. Hubo también una ley en los días de Nabucodonosor el Grande, otro de sus siervos, que ordenaba que todo aquel que no se postrase a adorar a su imagen de oro, fuese arrojado a un horno de fuego. También en tiempo de Darío fue publicado otro edicto, mandando que cualquiera persona que invocase a otro Dios más que a él mismo durante cierto tiempo señalado, fuese arrojado al foso de los leones.

Ahora, pues, este rebelde ha quebrantado la esencia de estas leyes, no sólo de pensamiento, lo cual es insoportable, sino también de palabras y hechos, por lo que merece morir.

Con esto se retiraron los jurados para deliberar. Sus nombres eran el Sr. Ceguedad, el Sr. Injusticia, el Sr. Malicia, el Sr. Libertinaje, el Sr. Caprichudo, el Sr. Soberbio, el Sr. Enemistad, el Sr. Mentira, el Sr. Crueldad, el Sr. Odio a la Luz y el Sr. Implacable. Cada uno de éstos dio su fallo en contra de Fiel, y después convinieron unánimemente en declararle culpable delante del juez.

Fiel Muere en la Estaca

Y así lo hicieron. Sin perder tiempo, le condenaron a ser llevado de donde estaba, al lugar de donde le habían traído, y allí sufrir la muerte más cruel que se pudiera inventar. Lo sacaron, pues, para hacer con él según la ley. Primero lo azotaron; luego lo abofetearon; le cortaron su carne con cuchillos; después lo apedrearon y lo picotearon con sus espadas; finalmente le redujeron a cenizas en una hoguera. Tal fue el fin de Fiel.

Luego vi que detrás de la multitud había un carro con dos caballos, esperando a Fiel quien, tan luego que sus adversarios le hubieron ultimado, fue recibido en él y llevado por las nubes y al son de clarines, camino derecho a la Puerta Celestial.

En cuanto a Cristiano, tuvo algún descanso y fue devuelto a la cárcel. Mas Aquél que dispone todo, y tiene en su mano el poder de restringir el furor de las gentes, dispuso que Cristiano escapase otra vez y siguiese su camino; y conforme iba caminando, cantaba:

CAPITULO VII

Ahora vi en mi sueño que Cristiano no salió solo, pues le acompañaba uno cuyo nombre era Esperanza, el cual se había convertido al notar las palabras, conducta y padecimientos de Cristiano y Fiel en la feria. Así uno murió por dar testimonio a la verdad, y otro se levantó de sus cenizas para ser compañero de Cristiano en su peregrinación. Esperanza le dijo a Cristiano que también había otros muchos hombres de la feria que a su tiempo seguirían su ejemplo.

Conveniencia, de Buenas Palabras

Vi, pues, que a poco rato de haber salido de la feria, alcanzaron a un hombre, cuyo nombre era Conveniencia, y a quien preguntaron de dónde venía y a dónde iba. Les dijo que venía de la población de Buenas Palabras, y que iba a la Ciudad Celestial; mas no les dijo su nombre.

Cristiano. ¿De Buenas Palabras? ¿Hay allí algo de bueno?

Conveniencia. Espero que sí.

Cristiano. Dígame usted, señor, ¿cómo le podremos llamar?

Conveniencia. Para usted soy desconocido, y usted lo es para mí; si usted va por este camino, me complacerá de su compañía; si no, tendré que conformarme.

Cristiano. Ese pueblo de Buenas Palabras, he oído hablar de él, y si recuerdo bien es un lugar rico.

Conveniencia. Sí, le aseguro que lo es; y yo tengo allí muchos parientes acaudalados.

Cristiano. Ruego a usted me diga quiénes son esos parientes de usted.

Conveniencia. Casi todo el pueblo; pero particularmente mi señor Voluble, mi señor Servidor del Tiempo, mi señor Buenas Palabras, de cuyos antepasados la población recibió primero su nombre, y también los señores Halago, Dos Caras, Cualquier Cosa, y nuestro ministro el señor Dos Lenguas.

Cristiano. ¿Es usted casado?

Conveniencia. Sí, y mi esposa es hija de la señora Fingida; por lo tanto, pertenece a una familia muy respetable. Es cierto que en asuntos de religión diferimos algo de los más escrupulosos, pero es sólo en dos puntos: primero, nunca luchamos contra viento y marea; segundo, siempre somos más piadosos cuando la religión anda en sandalias de plata; nos gusta mucho andar con ella en la calle cuando brilla el sol y la gente la aplaude.

Entonces Cristiano dio unos pasos hacia su compañero Esperanza, y le dijo: "Se me viene a la cabeza que éste es un tal Conveniencia, natural de Buenas Palabras; y si es él, tenemos en nuestra compañía al pícaro más grande de todos estos contornos. Voy a preguntarle."

Luego Cristiano le alcanzó de nuevo y le dijo: "Señor, ¿no es usted Conveniencia, del pueblo de Buenas Palabras?"

Conveniencia. Ese no es mi nombre, sino un apodo que me han puesto algunos que no me quieren.

Cristiano. Pero, ¿no ha dado usted motivo para que le llamen así?

Conveniencia. ¡Nunca jamás! Lo único que puede darles motivo, es que siempre he tenido la suerte de que mis opiniones hayan coincidido con las de la actualidad; siempre me han salido bien.

Cristiano. Bien creía yo que usted era el mismo de quien he oído hablar; si usted quiere andar con nosotros, tendrá que ir contra viento y marea; también tendrá que reconocer a la religión lo mismo cuando ande en hilachas que cuando ande en sandalias de plata; y tendrá que acompañarla lo mismo cuando vaya cargada de cadenas que cuando pase por las calles en medio de aplausos.

Conveniencia. No debe usted imponerse ni enseñorearse de mi fe; déjeme en mi libertad e iré con usted.

Cristiano. Ni un paso más si no hace todo como nosotros.

Conveniencia. Jamás abandonaré mis antiguos principios, siendo que no son dañosos sino provechosos. Si no me es permitido ir con ustedes, haré lo que hacía antes de haberme alcanzado: ir solo hasta que alguno me encuentre que le guste mi compañía.

Los Amigos de Conveniencia

Luego vi en mi sueño que Cristiano y Esperanza lo dejaron, y anduvieron delante de él a buena distancia. Pero uno de ellos, mirando atrás, vio tres hombres que venían en pos de Conveniencia, y cuando estuvieron cerca, éste les hizo una profunda reverencia, a la cual correspondieron ellos. Los nombres de aquellos hombres eran Apego al Mundo, Amor al Dinero y Codicia, los cuales habían sido condiscípulos de Conveniencia; fueron enseñados por un señor Usurero, maestro de escuela en Deseo de Ganancias, ciudad mercantil de la provincia de Avaricia, hacia el norte. Este maestro les había enseñado el arte de gozar, ya por violencia, fraude, adulación, mentira, o fingiendo ser religiosos; y estos cuatro se habían perfeccionado tanto, que cualquiera de ellos era capaz de enseñar en una escuela igual.

Amor al Dinero le dijo a Conveniencia: "¿Quiénes son aquellos que van adelante?", porque Cristiano y Esperanza todavía estaban a la vista.

Conveniencia. Son dos hombres de tierras lejanas que a su modo van en peregrinación.

Amor al Dinero. ¡Qué lástima! ¿Por qué no esperaron para que gozáramos de su buena compañía?

Conveniencia. Esos hombres son tan formales, aman tanto sus propias ideas, y estiman en tan poco las opiniones de los demás, por piadosos que éstos sean, que los que no piensen como ellos en todo, los despiden de su compañía.

Codicia. Eso es malo; pero leemos de algunos que son demasiado justos, y la rigidez de los tales les hace juzgar y condenar a todos, menos a sí mismos. Pero ¿cuántos y cuáles eran los puntos en que ustedes no estaban de acuerdo?

Conveniencia. Pues ellos, a su modo caprichudo, creen que es su deber proseguir el camino en todos los tiempos, mientras que yo espero viento y marea favorables; ellos están por arriesgar todo en el servicio de Dios, y yo por aprovechar de todas las ventajas para salvar mi vida y hacienda. Ellos se mantienen en sus opiniones, aunque todos los demás estén en su contra, mas yo estoy de parte de la religión en cuanto los tiempos y mi seguridad lo permitan. Aquellos van con la religión aunque ésta ande en harapos y en medio del desprecio; pero yo la acompaño cuando se pasea en sandalias de plata, a la luz del sol, y bajo los aplausos.

Apego al Mundo. Y tiene usted razón, pues, por mi parte, sólo por loco puedo tener al que, pudiendo retener lo que tiene, es tan tonto que lo deja perder. Seamos astutos como las serpientes, y aseguremos la cosecha mientras haya sol. Mirad cómo la abeja permanece quieta todo el invierno, y sólo se pone en movimiento cuando puede hacerlo, con provecho y gusto. Dios envía algunas veces la lluvia, y otras sol; si éstos son tan tontos que prefieren andar en el agua, nosotros nos contentaremos andando durante buen tiempo. Por lo que a mí toca, prefiero más la religión que nos asegura la posesión de las bendiciones de Dios; porque ya que Dios nos ha dado las buenas cosas de esta vida, ¿quién puede imaginarse que no es su voluntad que las conservemos por respeto a él mismo? Abraham y Salomón se hicieron ricos en su religión; y Job dice que el hombre bueno amonto- nará oro como el polvo; pero es seguro que los hom- bres que van adelante no son así, si son como usted los ha pintado.

Codicia. Creo que todos estamos de acuerdo sobre este punto.

Así que, estando ellos de acuerdo, llamaron a Cris- tiano y a Esperanza, quienes iban delante de ellos, para proponerles una discusión sobre si no era un plan sabio hacerse religioso para ganar todo lo más posible.

Cristiano. Aun un niño en la fe puede contestar esa pregunta, porque si fue ilícito seguir a Cristo por los panes, ¡cuánto más abominable es hacer de El y de la religión un medio de conseguir y gozar de las cosas del mundo! En verdad, sólo los paganos, hipó- critas, demonios y hechiceros son de tal opinión. Ju- das era de esa religión; era piadoso por la bolsa y lo que en ella se echaba; pero se perdió, fue echado fue- ra como verdadero hijo de perdición.

Entonces se miraron unos a otros, sin tener una pa- labra que decir a Cristiano. Esperanza también apro- bó la respuesta de su compañero. Hubo, pues, grande silencio entre ellos. Entonces Cristiano y Esperanza pasaron adelante y Cristiano dijo a su compañero: "Si estos hombres no pueden sostenerse al oír la sentencia de los hombres, ¿qué harán cuando oigan la sentencia de Dios?"

Luego Cristiano y Esperanza siguieron su camino hasta llegar a una linda llanura llamada Alivio, don- de anduvieron con mucho contentamiento; mas la llanura era angosta y pronto la atravesaron. Al otro lado del llano había un cerro llamado Lucro, y en éste una mina de plata, donde varios que anteriormente pasaron por este camino, se acercaron impulsados por la curiosidad de ver la rareza del camino; mas aven- turándose demasiado al borde del hoyo, el terreno, siendo falso, cedió, y cayendo, perecieron. Otros tam-

bién quedaron lisiados y en toda su vida jamás se re-
cobraron.

Cristiano se Encuentra con Demas

Vi luego en mi sueño que a poca distancia del camino, enfrente de la mina de plata, estaba Demas
vestido de caballero. Invitaba a los transeúntes a que
pasasen a ver, y dijo a Cristiano y a su compañero:
"¡Hola! Venid acá, yo os enseñaré una cosa."

Cristiano. ¿Será tan valiosa que merezca que dejemos nuestro camino para verla?

Demas. Aquí hay una mina de plata, y en ella cavan
unos hombres sacando tesoros; si queréis venir, con
un poco de empeño os haréis ricos.

Esperanza. Vamos a verla.

Cristiano. Yo no. He oído hablar de ese lugar antes,
y de los muchos que han perecido allí; además, ese
tesoro es causa de tropiezo para los que lo buscan,
porque les estorba en su peregrinación.

Dicho esto, Cristiano gritó a Demas, diciendo: "¿No
es verdad que es peligroso el lugar?"

Demas. No, sólo es peligroso para aquellos que se
descuidan (dijo esto sonrojándose.)

Cristiano. Esperanza, no demos ni un paso hacia
allí; antes sigamos nuestro camino.

Demas. Pues qué, ¿no queréis venir a verla?

Cristiano. Demas, tú eres enemigo de los caminos
rectos del Señor, y has sido ya condenado por haber
abandonado el camino. ¿Por qué, ahora quieres enre-
darnos en la misma condenación?

Demas gritó otra vez diciendo que él era también
de su fraternidad, y que si le esperaban un poco les
acompañaría.

Cristiano. ¿Cuál es tu nombre? ¿No eres tú aquel
Demas?

Demas. Sí, me llamo Demas; soy hijo de Abraham.

Cristiano. Te conozco: Giezi fue tu bisabuelo, y tu
padre, Judas, y tú has seguido sus pasos. Es obra dia-

bólica lo que tú haces; tu padre se ahorcó por traidor, y tú no mereces mejor suerte. Con esto siguieron su camino.

En este momento Conveniencia y sus compañeros llegaron, y a la primera señal que les hizo Demas, se dirigieron a él. Si se cayeron en el hoyo por mirar hacia adentro, si bajaron a trabajar, o se sofocaron en el fondo por los miasmas que generalmente se desprenden de allí, no estoy seguro; pero esto sé: que no se les volvió a ver en el camino.

Entonces Cristiano dijo: "El señor Conveniencia, y Demas el de la plata, están de acuerdo; el uno llama, y el otro corre a participar de su lucro. Su codicia los tiene cegados. Se entretienen en este mundo y no piensan en el de más allá."

El Río del Agua de la Vida

Los peregrinos siguieron su camino hasta llegar a un río muy agradable, que el Rey David llamó "río de Dios," y Juan lo llamó "río del agua de la vida." El camino pasaba precisamente por la ribera de este río; aquí, pues, Cristiano y su compañero anduvieron con gran regocijo; también bebieron del agua del río, que era agradable y refrigerante para sus espíritus fatigados.

En las orillas del río había árboles verdes de toda clase de frutos, y cuyas hojas servían para prevenir las enfermedades de que padecen los que se fatigan por el mucho andar. También a cada lado del río había unas praderas hermoseadas de lirios, y que todo el año permanecen verdes. En una de estas praderas los peregrinos se acostaron y durmieron, pues allí podían dormir con toda seguridad. Cuando se despertaron, comieron otra vez frutas de los árboles, bebieron de nuevo agua del río, y se volvieron a dormir. Y esto hicieron durante algunos días y noches.

Cuando estuvieron dispuestos a seguir su viaje (pues todavía no había llegado a su fin), habiendo comido, se encaminaron de nuevo.

Campo de la Vereda

Entonces vi en mi sueño que no habían caminado mucho cuando el río y el camino se separaron, lo cual sintieron no poco; sin embargo, no se atrevieron a dejar el camino. Este, al separarse del río, era muy quebrado, y se lastimaron los pies de los peregrinos, ya delicados a causa de sus jornadas; de manera que sus almas se empezaron a desanimar por esta causa, mas siguieron adelante.

Un poco más adelante, y a la izquierda del camino, había un campo llamado Campo de la Vereda, al cual hacían entrada unos escalones de madera. Entonces dijo Cristiano a su compañero: "Si este campo sigue al lado de nuestro camino, pasaremos por allí." Subió en efecto los escalones para fijarse, y había una vereda que parecía seguir la dirección del camino, mas al otro lado de la cerca. "Es tal como yo deseaba," dijo Cristiano; "aquí es más fácil andar; ven, amigo Esperanza, pasemos al otro lado."

Esperanza. Pero, ¿y si esta vereda nos descarría?

Cristiano. Eso no es fácil. ¡Mira! ¿No ves que corre al lado del camino?

Vana Confianza

Persuadido con esto, Esperanza le siguió y pasaron la cerca. Una vez dentro, vieron que era muy suave para los pies. En esto, mirando hacia adelante, vieron un hombre andando en la misma dirección, cuyo nombre era Vana Confianza. Lo llamaron, pues, y le preguntaron a dónde iba a dar aquella vereda. Les dijo: "A la Puerta Celestial."

"¿Ya ves?" dijo Cristiano; "¿no es como yo te decía? Por esto puedes ver que vamos bien." Así siguieron la vereda y el otro iba delante. Pero llegó la noche y se oscureció tanto que los peregrinos perdieron de vista al que iba delante. Este, no distinguiendo bien el camino, cayó en un hoyo profundo, hecho de intento en aquel lugar por el príncipe de aquellos terrenos, con el fin de hacer tropezar a los necios presumidos. Allí rodó Vana Confianza, y se hizo añicos al caer.

Cristiano y su compañero le oyeron caer, y se acercaron para preguntarle qué le había acontecido, mas nadie contestó: sólo oyeron unos profundos gemidos.

Entonces dijo Esperanza: "¿Dónde estamos ahora?" Su compañero guardó silencio, pues ya sospechaba que se habían desviado del camino. Luego comenzó a llover, tronar y relampaguear de la manera más espantosa, y las aguas subían en el llano con gran rapidez.

Con esto Esperanza exclamó: "¡Ay de mí; cuánto mejor haber seguido mi camino."

Cristiano. ¿Quién hubiera pensado que esta vereda nos había de extraviar?

Esperanza. Lo temía yo desde el principio, y por eso te amonesté. Hubiera hablado con más claridad si no hubiera sido por tu mayor edad.

Cristiano. Buen hermano, no te ofendas; me duele mucho haberte apartado del camino y haberte metido en tan grande peligro. Te ruego, hermano mío, que me perdones; no lo he hecho de intento.

Esperanza. Consuélate, hermano mío, pues te perdono; y aun creo que esto resultará en nuestro bien.

Cristiano. ¡Cuánto me alegro de tener un hermano tan compasivo! Pero no debemos quedarnos aquí parados; volveremos al camino si es posible.

Esperanza. Pues, buen hermano, déjame ir adelante.

Cristiano. No, con tu permiso yo iré primero, de suerte que si hay algún peligro, yo lo reciba primero; porque por mi causa hemos perdido el camino.

Esperanza. No, tú no irás primero; porque estando turbada tu alma puedes desviarte aún más.

En esto oyeron una voz consoladora que les decía: "Nota atentamente la calzada, el camino por donde viniste: vuélvete."

Ya las aguas habían crecido mucho, y devolverse era mucho peligro. Siempre es más fácil salirse del camino cuando estamos en él, que regresarse cuando estamos fuera de él.

Sin embargo, los peregrinos intentaron regresarse; pero estaba tan oscura la noche, y las aguas habían subido tanto, que corrían peligro de ahogarse a cada instante.

En toda la noche no pudieron hallar los escalones de la cerca. Así que, encontrando al fin un lugarcito abrigado, se sentaron allí a esperar hasta que amaneciera; pero estando tan cansados, se durmieron.

El Castillo de las Dudas

No muy lejos del lugar donde dormían, había un castillo llamado el Castillo de las Dudas, cuyo dueño era el Gigante Desesperación, a quien pertenecían también los terrenos en donde estaban durmiendo.

El Gigante, levantándose muy de mañana, salió a pasearse por sus campos, y halló a Cristiano y a Esperanza dormidos en sus terrenos. Con una voz ronca y enojada les despertó y les preguntó de dónde venían y qué hacían en sus dominios. Le contestaron que eran peregrinos y que se habían extraviado.

Entonces dijo el Gigante: "Habéis violado mis terrenos esta noche, andando en mis campos y aun durmiendo en ellos, y por eso tenéis que veniros conmigo." Se vieron, pues, obligados a ir porque era más fuerte que ellos. Tampoco podían decir mucho, pues comprendían que tenían culpa.

El Gigante los hizo ir adelante y los metió en su Castillo, en un calabozo muy oscuro, hediondo y repugnante para los espíritus de estos dos hombres. Allí, pues, permanecieron desde la mañana del miércoles hasta la noche del sábado, sin una migaja de pan ni una gota de agua, sin luz y sin nadie que les preguntase cómo se sentían. Estaban, pues, en muy mal estado. Cristiano sentía doble tristeza, porque fue su imprudencia la que les metió en esta aflicción.

El Gigante Desesperación tenía una esposa llamada Desconfianza, y cuando se fueron a acostar le contó lo que había pasado, es a saber, cómo había tomado dos presos y les había metido en un calabozo por haber andado en sus terrenos. Luego le consultó sobre qué sería bueno hacer con ellos. Ella le aconsejó que a la mañana siguiente los apalease sin misericordia. En efecto, cuando se levantó el Gigante, tomó un terrible garrote, y bajando al calabozo, comenzó a tratarles como si fueran perros, aunque ellos no le habían hablado mal. Entonces los apaleó tanto y de tan horrible manera que no pudieron moverse, sino que quedaron como muertos. Hecho esto, se retiró, dejándolos entregados a su miseria y llorando su aflicción; de modo que todo aquel día lo pasaron entre gemidos y suspiros.

La noche siguiente, Desconfianza le dijo a su esposo que debía aconsejarles que pusiesen fin a su existencia. Cuando amaneció, pues, entró a ellos de la misma manera brutal que antes, y les dijo que ya que jamás habían de salir de aquel lugar, su único remedio era suicidarse, fuera con cuchillo, reata o veneno, "pues", les dijo, "¿cómo habéis de querer una vida tan llena de amargura?" Pero ellos le rogaron dejarles ir.

Con esto les echó una mirada furiosa, y les acometió de tal manera que sin duda los hubiera acabado, a no ser porque le dio un ataque de los que siempre le daban en tiempo de calor, el cual en aquel momento le privó del uso de sus manos; por esta razón se vio obligado a retirarse y dejarlos solos.

Entonces ellos consultaron entre sí si sería bueno seguir el consejo del Gigante o no, y así comenzó el siguiente diálogo.

Cristiano. Hermano, ¿qué haremos? La vida que pasamos ahora es miserable. Por mi parte, no sé si es mejor vivir así o morir de una vez. Para mi alma la sofocación es preferible a la vida; y el sepulcro me sería más agradable que este calabozo. ¿Tomaremos el consejo del Gigante?

Esperanza. En verdad nuestro estado actual es horrible, y para mí la muerte sería más grata que vivir así para siempre; sin embargo, debemos reflexionar que el Señor del país a donde nos dirigimos ha dicho: "No matarás," y si esto es así con respecto a otros, mucho menos podemos tomar el consejo de matarnos a nosotros mismos. Y en cuanto al descanso en el sepulcro, ¿has olvidado el infierno a donde van los que matan? porque "ningún homicida tiene vida eterna."

¿Quién sabe si ese Dios que ha hecho el mundo, hará que muera el Gigante Desesperación, o que un día olvide cerrar la puerta, o que tal vez de repente le dé otro de sus ataques delante de nosotros y pierda el uso de sus miembros? Yo estoy resuelto a hacer lo posible por escaparme de su poder. Tengamos paciencia y aguantemos un poco, hermano; llegará el tiempo de vernos libres y felices, y nunca seamos nuestros propios verdugos.

Con estas palabras Esperanza consiguió moderar el ánimo de su hermano, y ambos continuaron todo aquel día en su triste y doloroso estado, y en oscuridad.

Llegada la tarde, el Gigante bajó al calabozo otra vez a ver si sus prisioneros habían recibido su consejo; pero los encontró vivos, aunque ciertamente no tenían mucha vida, pues por la falta de pan y agua, y por las heridas que recibieron al ser apaleados, resollar era casi todo lo que hacían. Al verlos con vida, se enojó furiosamente y les dijo que ya que habían despreciado su consejo, mejor hubiera sido que nunca hubiesen nacido.

Al oir esto temblaron mucho, y Cristiano se desmayó; pero volviendo en sí, renovaron su plática tocante al consejo que el Gigante les había dado, si era mejor seguirlo o no. Cristiano parecía estar inclinado a hacerlo, mas Esperanza le contestó de nuevo:

Esperanza. Hermano mío, recuerda cuán valiente

has sido en otras ocasiones. Apolión no te pudo destruir, ni todo lo que oíste y experimentaste en el Valle
de Sombra de Muerte. Recuerda el valor que mostras-
te en la Feria de Vanidad, y que no tuviste miedo a
las cadenas, ni a la jaula, ni a la perspectiva de una
muerte sangrienta; por tanto, debemos aguantar esto con paciencia, y evitar la vergüenza que no convie-
ne a un cristiano.

Venida la noche, el Gigante y su mujer se retiraron
a descansar. Ella le preguntó al Gigante tocante a los
presos, si habían obedecido su consejo, a lo cual él
contestó que no. Entonces dijo ella: "Temo que vi-
ven en la esperanza de que alguien vendrá a socorrer-
los; o tal vez tienen llaves escondidas con cuyo auxilio esperan escaparse." "¿Así opinas?", dijo el Gigante. "Pues mañana mismo iré a registrarlos."

A media noche los peregrinos comenzaron a orar,
y continuaron en su oración casi hasta romper el
alba.

Pero aconteció que un poco antes que amaneciera,
el buen Cristiano de repente exclamó como sorpren-
dido: "¡Qué necio soy en permanecer en este hediondo calabozo, cuando pudiera estar en plena libertad!
Tengo guardada en mi pecho una llave llamada Promesa, de la cual estoy seguro que abrirá cualquier
cerradura que haya en este Castillo."

"Buena noticia es esa," dijo Esperanza; "sácala
de tu pecho y la probaremos."

Usando la Llave de la Promesa

Cristiano la sacó y comenzó a ensayarla en la puerta del calabozo, cuya cerradura cedió cuando le dio
vuelta a la llave. La puerta se abrió con facilidad, y
Cristiano y Esperanza salieron. Luego Cristiano se
acercó a la puerta de afuera, la que daba al patio del
castillo, y con la misma llave abrió aquella también.
Después se dirigieron a la puerta de hierro, pues
también era preciso abrirla; el candado era suma-

mente fuerte; sin embargo, la llave lo abrió. Entonces empujaron la puerta para abrir y escaparse pronto, mas ésta rechinó tanto que despertó al Gigante Desesperación, el cual, levantándose violentamente, sintió temblar sus piernas, pues le acometió uno de sus ataques, de manera que no pudo ir tras los peregrinos.

Pronto llegaron otra vez al camino del Rey, en el cual estaban seguros, pues estaban ya fuera de la jurisdicción del Gigante.

Luego que pasaron los escalones de madera, convinieron en erigir un pilar y grabar en él estas palabras: "Por estos escalones pasa el camino al Castillo de las Dudas, cuyo dueño es el Gigante Desesperación, quien desprecia al Rey de la Patria Celestial, y busca a sus santos peregrinos."

Por tanto, muchos que llegaron allí después, leyeron el letrero y escaparon del peligro.

CAPITULO VIII

Siguiendo su camino, los peregrinos llegaron a los Montes de las Delicias, que pertenecen al Señor del Collado de que nos hemos ocupado ya. Subieron, pues, los montes para ver los jardines y huertas, las viñas y las fuentes de agua. Allí bebieron y se bañaron, y libremente comieron del fruto de las viñas.

Los Montes de las Delicias

En las cumbres de estos montes había pastores apacentando sus rebaños, y estaban cerca del camino real. Los peregrinos, pues, se acercaron a ellos; y apoyándose en sus báculos (como siempre hacen los viajeros cansados cuando se detienen a platicar con alguno en el camino), les preguntaron: "¿De quién son estos Montes de las Delicias y las ovejas que aquí se apacientan?"

Pastores. Estos montes son propiedad de Emmanuel cuya ciudad se ve desde aquí; también son de él estas ovejas por las cuales puso su vida.

Cristiano. ¿Este es el camino hacia la Ciudad Celestial?

Pastores. Precisamente, estáis en el camino.

Cristiano. ¿Cuánto dista de aquí allá?

Pastores. Demasiado para los que no han de llegar.

Cristiano. ¿El camino es seguro o peligroso?

Pastores. Es seguro para los que así deben encontrarlo; mas los transgresores tropezarán en él.

Cristiano. ¿No hay en este lugar algún descanso para los peregrinos que están cansados y desmayados debido al camino?

Pastores. El Señor de estos montes nos ha encargado no olvidar hospedar a los extranjeros; por lo tanto, todo lo bueno de este lugar está a vuestra disposición.

Vi también en mi sueño que cuando los pastores notaron que eran peregrinos, les preguntaron también, diciéndoles: "¿De dónde han venido? ¿Cómo entraron al camino? y ¿cómo han continuado en él?, pues pocos son los que llegan en su viaje a estos montes." A estas preguntas contestaron los peregrinos como lo habían hecho en otras ocasiones, y cuando los pastores oyeron sus contestaciones quedaron muy satisfechos, y les dijeron: "¡Bienaventurados seáis a los Montes de las Delicias!"

Los pastores, cuyos nombres eran Sabiduría, Experiencia, Vigilancia y Sinceridad, los tomaron de la mano y los llevaron a sus tiendas, y les hicieron comer de lo que había más a mano. También les dijeron: "Queremos que vosotros os quedéis aquí un poco de tiempo, a fin de conoceros mejor, y para que os solacéis con las buenas cosas de estos montes." A esto contestaron los peregrinos que estaban contentos con quedarse, y se acostaron aquella noche, pues era ya tarde.

Los Pastores los Conducen

Vi luego, en mi sueño, que a la mañana siguiente los pastores llamaron a Cristiano y a Esperanza a dar un paseo por los montes. Salieron, pues, con ellos y anduvieron un buen rato, observando una perspectiva agradable por todos lados. Luego dijeron los pastores entre sí: "¿Mostraremos a estos peregrinos otras maravillas?"

Ya convenido en ello, los llevaron primero a la cumbre de un monte llamado Error, cuya bajada era muy empinada por el lado opuesto, y les dijeron que mirasen hacia abajo. Al hacerlo, Cristiano y Esperanza vieron hechos pedazos muchos cuerpos de hombres que habían caído desde la cumbre. Entonces preguntó Cristiano: "¿Qué significa esto?" Los pastores contestaron: "¿No habéis oído decir de aquellos que cayeron en el error por haber prestado oído a Himeneo y a Fileto tocante a la resurrección del cuerpo?"

Los peregrinos contestaron que sí. Entonces dijeron los pastores: "Esos que veis despedazados al pie de este monte son los mismos, y han permanecido hasta hoy sin sepultura, para escarmiento de los demás, para que tengan cuidado de no subir muy alto, o acercarse demasiado al borde de este monte."

Vista Lejana del Castillo de las Dudas

Vi luego que les llevaron a la cima de otra montaña, cuyo nombre era Cautela, y les dijeron que mirasen a lo lejos. Mirando, pues, los peregrinos, observaron varios hombres andando entre los sepulcros que allí había; notaron también que esos hombres eran ciegos, pues tropezaban y no podían salirse de entre los sepulcros. Entonces preguntó Cristiano: "¿Qué significa esto?"

Pastores. ¿No veis un poco más abajo de este monte aquellos escalones que dan a un llano al lado izquierdo del camino? De esos escalones parte una vereda derecha al Castillo de las Dudas, que pertenece al Gigante Desesperación; y esos hombres (señalando a los que andaban entre los sepulcros) venían en peregrinación en cierta ocasión, como vosotros lo hacéis ahora, y llegaron a esos mismos escalones; y porque el camino recto está algo quebrado en ese sitio, quisieron abandonar el camino para irse por la vereda del llano, y allí fueron hechos presos por el Gigante Desesperación, quien los encerró en el Castillo de las Dudas. Después de tenerlos algún tiempo en el calabozo, les sacó los ojos y los puso entre los sepulcros, donde andan tropezando hasta el día de hoy.

Cristiano y Esperanza se miraron el uno al otro

con lágrimas en sus ojos, sin decir nada a los pastores.

Vi entonces en mi sueño que los pastores los llevaron a otro lugar, en una cañada, donde había una puerta en la falda de un cerro; al abrirla vieron que dentro todo estaba muy oscuro y lleno de humo; también creían distinguir un ruido como de fuego ardiendo, y gritos como de gente en tormentos, y percibían un olor a azufre.

Entonces dijo Cristiano: "¿Qué significa esto?"

El Fin de los Hipócritas

Los pastores contestaron: "Este es el camino desviado que conduce al infierno, el camino por donde entran los hipócritas, como los que venden su primogenitura al estilo de Esaú; los que venden a su Maestro, como Judas; los que blasfeman el evangelio, como Alejandro; y aquellos que mienten y disimulan, como Ananías y Safira su mujer."

Oyendo esto, los peregrinos se dijeron el uno al otro: "Necesidad tenemos de clamar al Todopoderoso para tener fuerza."

Pastores. Sí, y habéis de emplearla también cuando ya la tengáis.

Ahora los peregrinos deseaban proseguir su camino, y los pastores, estando de acuerdo, anduvieron en su compañía hasta el fin de los montes.

La Puerta de la Ciudad Celestial

Allí los pastores dijeron entre sí: "Enseñaremos aquí a estos peregrinos la puerta de la Ciudad Celestial, si es que pueden mirar con nuestro telescopio." Los peregrinos aceptaron gustosamente la oferta, de suerte que los llevaron a la cima de un cerro elevado que se llama Claro, y allí les dieron el telescopio para que mirasen. Hicieron lo posible, pero el recuerdo de la última cosa que los pastores les habían enseñado, les hacía temblar las manos tanto que no podían mirar fijamente por el telescopio; sin embargo, creyeron ver algo parecido a una puerta, y también algo de la gloria del lugar.

Con esto siguieron su camino, y cantaban diciendo: "Así son revelados, por los pastores, secretos que para los demás hombres están ocultos. Venid, pues, a los pastores si queréis saber lo profundo y misterioso."

De nuevo volví a dormir y a soñar, y vi a los dos peregrinos bajando los montes, siguiendo el camino real hacia la Ciudad Celestial.

La Historia de Poca Fe

Dijo, pues, Cristiano, a su compañero: "Ahora recuerdo lo que me contaron de Poca Fe, quien vivía en el pueblo de Sinceridad. El caso fue el siguiente: En la entrada de este paraje hay otro camino que parte de la Puerta de la Vía Ancha, que se llama la Senda de los Muertos, y es llamado así a causa de tantos asesinatos que se cometen allí. Pues este Poca-Fe, yendo en peregrinación como nosotros hacemos ahora, se sentó allí y se durmió.

Por la misma senda caminaban tres pícaros tenaces, cuyos nombres eran Cobardía, Desconfianza y Culpa, tres hermanos; y espiando a Poca Fe se le acercaron a todo correr, dándole órdenes de pararse y entregar la bolsa. Mas como él no se dio prisa en entregarla (pues estaba poco dispuesto a perder su dinero), Desconfianza corrió hacia él, y metiéndole la mano en el bolsillo, le sacó una talega de dinero. Entonces gritó Poca Fe: "¡Ladrones! ¡Ladrones!" Con esto Culpa le dio a Poca Fe un golpe en la cabeza con un garrote que llevaba en la mano, de tal manera que le derribó al suelo, donde se desangraba por momentos. Durante todo ese rato los pícaros se quedaron allí; pero oyendo pasos por el camino, y temiendo que fuese Gran Gracia, quien vive en la ciudad de Buena

Confianza, comenzaron a correr, y dejaron a este hombre solo. Poco después Poca Fe volvió en sí, y parándose como pudo, siguió su camino. Esta es la historia."

Esperanza. ¿Y le quitaron todo cuanto tenía?

Cristiano. No, porque no hallaron el lugar donde llevaba sus joyas; de manera que las conserva todavía. Mas apenas le quedaron algunas monedas sueltas que escasamente bastaban para llevarlo al fin de su viaje. En verdad, tuvo que pedir limosna en el camino para mantenerse, porque no le era permitido vender sus alhajas.

Esperanza. Pero, ¿no es una maravilla que no le quitaron su certificado, por medio del cual había de hallar entrada a la Puerta Celestial?

Cristiano. Es maravilloso; pero fue más bien por la buena Providencia, y no por sus esfuerzos, que los ladrones no le quitaron aquel tesoro.

Así siguieron su camino, hasta que llegaron a un punto donde otro camino se unía con el que llevaban; de suerte que aquí no sabían los peregrinos cuál de los dos seguir, porque ambos parecían igualmente rectos; por lo cual aquí se pararon a considerar. Mientras pensaban del camino, he aquí un hombre de color negro, cubierto de un vestido muy blanco, se llegó a ellos y les preguntó por qué estaban allí parados.

Le contestaron que iban a la Ciudad Celestial, pero que no sabían cuál de los dos caminos tomar. "Seguidme," dijo el hombre, "pues para allá mismo voy yo."

Los Peregrinos Siguen a Lisonjeador

Le siguieron, pues, por el camino que se apartaba del camino real, y que poco a poco se iba desviando de la Ciudad a donde deseaban ir, tanto que en poco tiempo habían vuelto la espalda a la ciudad; sin embargo, le seguían. Mas a poco rato, antes que lo supieran, se vieron envueltos en una red, de la cual no sabían cómo salir. En esto el vestido blanco cayó de las espaldas del hombre negro, y ellos vieron donde estaban, y allí se quedaron algún tiempo lamentándose, pues no podían salir.

Cristiano. Ahora veo que estamos en un error. ¿No nos amonestaron los pastores de cuidarnos de Lisonjeador?

Esperanza. También nos dieron algunas instrucciones tocante al camino, pero hemos olvidado leerlas, y no nos hemos guardado de los caminos del destructor.

Aparece un Resplandeciente

Así permanecieron en la red lamentándose, hasta que por fin vieron a uno de los Resplandecientes, el cual venía hacia ellos con un látigo de pequeños cordeles en la mano. Cuando llegó a ellos, les preguntó de dónde venían y qué hacían allí. Le contestaron que eran unos pobres peregrinos que caminaban a Sión, pero que fueron extraviados por un hombre negro vestido de blanco, quien les mandó seguirle, diciendo que él iba para allá también. Luego el del látigo dijo: "Ese es Lisonjeador, falso apóstol transformado en ángel de luz." En esto rompió la red y dejó salir a los peregrinos.

Entonces les dijo: "Seguidme, y os pondré de nuevo en vuestro camino." Y les condujo hasta el camino real. Luego les preguntó: "¿Dónde posaron anoche?" Dijeron: "Con los pastores de los Montes de las Delicias."

Les preguntó también si los pastores no les habían alertado acerca de Lisonjeador. "Sí," dijeron, "mas no nos imaginábamos que pudiera ser un señor de tan finas palabras."

Luego vi en mi sueño que les mandó tenderse en el suelo, y les castigó muy severamente, para enseñarles el buen camino por donde debían andar. Y mientras les castigaba, les decía: "Yo reprendo y castigo a todos los que amo; sé, pues, celoso, y arrepiéntese." Hecho esto, les mandó seguir su camino y poner bastante cuidado a las demás instrucciones de los pastores. Entonces ellos le dieron las gracias por toda su bondad y se encaminaron cuidadosamente, procurando no olvidar la severa lección que habían recibido.

Se Encuentran con Ateo

Habiendo pasado algún tiempo, los peregrinos divisaron a lo lejos a un hombre que venía al encuentro de ellos; andaba solo y a paso lento. Entonces dijo Cristiano: "Veo un hombre que viene hacia nosotros con la espalda vuelta hacia Sión."

Esperanza. Yo también lo veo; tengamos cuidado ahora; puede ser otro lisonjeador.

El hombre se acercó más y más, hasta que al fin llegó a ellos. Su nombre era Ateo, y les preguntó para dónde iban.

Cristiano. Vamos al Monte Sión.

Ateo comenzó a reírse a carcajadas.

Cristiano. ¿Qué significa tu risa?

Ateo. Me da risa cuando veo a personas ignorantes, como sois vosotros, que se toman la molestia de emprender un viaje tan fatigoso, y que al cabo no han de hallar más que el cansancio como recompensa de sus afanes.

Cristiano. ¡Cómo, hombre! ¿Crees tú que no nos han de recibir?

Ateo. ¡Recibir! Vaya, no hay en todo este mundo el lugar que soñáis.

Cristiano. Pero lo hay en el mundo venidero.

Ateo. Cuando yo estaba en mi casa, en mi propia tierra oí decir de ese lugar. Salí a ver, y he estado buscando esa ciudad estos veinte años, y no encuentro más de ella que lo que encontré el primer día que emprendí el viaje.

Cristiano. Nosotros creemos que existe tal lugar y que se puede hallar.

Ateo. Si tal lugar existiera, yo lo hubiera hallado, pues he ido más lejos que vosotros en busca de él. Me vuelvo ahora a mi tierra, y procuraré consolarme con las cosas que entonces desprecié.

Cristiano (a Esperanza). ¿Será cierto lo que este hombre dice?

Esperanza. Ten cuidado; este es otro de los lisonjeadores. ¿No existe el Monte de Sión? ¿No vimos la puerta de la Ciudad desde los Montes de las Delicias? Además, ¿no debemos andar ahora por la fe? Sigamos adelante, para que no nos alcance de nuevo el látigo.

Con esto dejaron a Ateo, el cual, riéndose, siguió su camino.

Llegan al País Encantado

Vi luego en mi sueño que siguieron hasta llegar a cierto país cuyo clima tenía la propiedad de causar sueño a todo extranjero que entraba en él. Esperanza comenzó a sentirse cargado de sueño, por lo cual dijo a Cristiano.

Esperanza. Empiezo a tener tanto sueño que apenas puedo mantener abiertos los ojos; acostémonos, pues, un poco y durmamos.

Cristiano. De ninguna manera, no sea que durmiéndonos, no volvamos a despertar.

Esperanza. ¿Por qué, hermano? El sueño es agradable al hombre laborioso; así seremos refrescados.

Cristiano. ¿No te acuerdas de que uno de los pastores nos mandó que nos cuidáramos del País Encantado? Con eso quiso dar a entender que no debíamos dormir en él. Por tanto, no durmamos como los demás; antes velemos y seamos sobrios.

Esperanza. Confieso que estoy en un error; y si hubiera estado aquí solo, durmiéndome habría estado en peligro de muerte. Veo que es verdadero el dicho del sabio: "Mejor son dos que uno."

Cristiano. Ahora pues, para evitar el sueño, iniciemos una plática interesante.

Esperanza. De todo corazón.

Cristiano. ¿Por dónde empezaremos?

Esperanza. Por donde Dios empezó con nosotros. Pero comienza tú.

Esperanza Narra su Conversión

Cristiano. Primero te haré una pregunta: ¿Cómo llegaste a pensar en hacer lo que hoy haces?

Esperanza. ¿Quieres saber qué me hizo pensar en mi alma?

Cristiano. Eso es lo que quiero.

Esperanza. Pues continué por mucho tiempo deleitándome en aquellas cosas que se veían y vendían en nuestra feria, las cuales creo me hubieran hundido en la perdición habiendo permanecido en ellas; cosas tales como escándalos, borracheras, banquetes, blasfemias, mentiras, impurezas, profanación del día del Señor, y mucho más que destruye el alma. Mas al oír y pensar en las cosas divinas, las cuales oí de ti y del amado Fiel, hallé al fin que el resultado de esas cosas es muerte; y por causa de ellas viene la ira de Dios sobre los hijos de desobediencia.

Entonces contó cómo Fiel le había dicho que debía ser salvo, es decir, confiando en Jesús, y cómo cuando él objetaba que Jesús no estaría dispuesto a salvarlo, Fiel le dijo que se convenciera, pues para él era también la invitación.

Y dijo Esperanza, además: "Empecé a orar a causa de mis pecados, y cuando ya no esperaba otra cosa que el infierno y la eterna condenación de mi alma, de repente me pareció ver al Señor Jesús mirándome desde el cielo y diciéndome: "Cree en el Señor Jesucristo, y serás salvo." Pero le contesté: "Señor, soy pecador, muy pecador." Y luego me dijo: "Bástate mi gracia." Entonces le dije: "Señor, ¿qué cosa es creer?" Y él me dijo: "El que a mí viene, nunca tendrá hambre, y el que en mí cree, no tendrá sed jamás." Entonces vi que el creer y el ir a Jesús eran una misma cosa, y que el que de corazón busca salvación en Cristo, verdaderamente cree en El. Entonces mi corazón se llenó de gozo, mis ojos de lágrimas, todo mi ser rebozó amor hacia el nombre, el pueblo y los caminos de Jesucristo.

Cristiano. En verdad, ésa sí que fue una revelación de Cristo a tu alma. Pero dime especialmente el efecto que produjo en tu vida.

Esperanza. Me hizo desear una vida santa, y buscar hacer algo para la honra y gloria del nombre del Señor Jesús. Hasta pensaba que si tuviera mil vidas, todas las sacrificaría por amor del Señor Jesús.

CAPITULO IX

Después vi en mi sueño que los peregrinos habían pasado la Tierra Encantada, y entraron en el País de Beulah, cuyo aire era muy dulce y agradable; y como el camino pasaba por este país, los peregrinos se consolaron allí por algún tiempo. Allí les fue agradable oir el canto de las aves y ver las flores en los campos.

El País de Beulah

En esta tierra el sol alumbraba de día y de noche, pues está más allá del Valle de Sombra de Muerte, y también fuera del alcance del Gigante Desesperación, cuyo Castillo ni siquiera se ve desde aquel lugar. Aquí estaban a la vista de la ciudad a donde iban; también encontraron algunos de sus habitantes, ya que en este país los Resplandecientes solían pasear, por cuanto estaba cerca de la Gloria.

En este lugar los peregrinos hallaron en abundancia de todo lo que habían deseado durante su peregrinación. Allí oyeron voces que salían de la ciudad, y decían: "Decid vosotros a la hija de Sión: He aquí viene tu Salvador; he aquí su recompensa con él, y delante de él su obra." Allí todos los moradores del país les llamaban pueblo santo, redimidos del Señor, etc.

Cuanto más se acercaban a la Ciudad, obtenían de ella una vista más perfecta. Era hecha de perlas y piedras preciosas; sus calles eran empedradas de oro; de manera que, a causa de la gloria natural de la Ciudad, y el reflejo de los rayos del sol que la hacían aparecer resplandeciente, Cristiano se llenó de deseos hasta el punto de caer enfermo. Siguieron su camino, y se acercaron mucho a los huertos, viñedos y jardines, cuyas puertas daban al camino real. Cuando llegaron a estos lugares, he aquí que el jardinero estaba en el camino, a quien los peregrinos preguntaron: "¿De quién son estos viñedos y jardines?" Contestóles: "Son del Rey, y están plantados aquí para su recreo, y también para consuelo de los peregrinos." Con esto el jardinero los introdujo en los viñedos y les dijo que se refrescasen con sus frutos. También les mostró los paseos del Rey y los cenadores donde le gustaba estar. Aquí los peregrinos descansaron y durmieron.

Cuando despertaron vi que se preparaban para subir a la Ciudad. Mas, siendo la Ciudad de oro puro, su resplandor era tan extremadamente glorioso, que no podían contemplarla de cerca, sino por medio de un instrumento hecho para ese fin. Y vi que cuando seguían su camino salieron a su encuentro dos varones con vestidos que brillaban como el oro, y sus rostros eran relucientes como la luz.

Estos varones preguntaron a los peregrinos de dónde venían, y en dónde habían posado; qué dificultades y peligros, y que consuelos y goces habían hallado en el camino; y a todo contestaron.

Luego les dijeron: "Sólo dos dificultades más tienen que vencer para llegar a la Ciudad." Cristiano y su compañero pidieron luego a los varones que les enseñasen. Estos contestaron que sí lo harían, pero que debían ellos alcanzarlo por su propia fe. Vi, pues en mi sueño que siguieron juntos hasta llegar a la vista de la puerta.

Interviene un Río

Además vi que entre ellos y la puerta había un río; pero no había puente para pasarlo, y el río era muy hondo. A la vista de este río, se turbaron los peregrinos.

Mas los hombres que iban en su compañía les dijeron: "Es preciso pasarlo, o no podréis llegar a la puerta."

Los peregrinos luego preguntaron si había otro camino para llegar a la puerta. A esto contestaron: "Sí, mas exceptuando a Enoc y a Elías, a nadie le ha sido permitido pasar por él desde la fundación del mundo, ni nadie más andará por él hasta que suene la trompeta final."

Con esto los peregrinos, particularmente Cristiano, comenzaron a desanimarse, y a mirar por aquí y por allá, mas no hallaron cómo escapar del río. Preguntaron luego a los varones si el agua era por todas partes de la misma profundidad. Dijeron que no, pero que sin embargo no les podían ayudar, pues decían: "Hallaréis el río de mayor o menor profundidad, según creáis en el Rey del país."

Resolvieron, pues, pasar, pero entrando al agua Cristiano, luego comenzó a hundirse, y exclamando a su buen compañero Esperanza, le dijo: "Me sumo en aguas profundas; todas sus hondas y olas pasan sobre mí."

Esperanza luego le dijo: "¡Animo, hermano mío! Mis pies encuentran el fondo y es firme.

Entonces contestó Cristiano: "¡Ah!, amigo mío, los dolores de la muerte me han rodeado; ya no veré la tierra que fluye leche y miel." Y con esto una gran oscuridad y horror cayeron sobre Cristiano, de tal modo que no podía ver. Perdió también el sentido, de modo que no podía ni recordar ni hablar racionalmente de los dulces consuelos que había encontrado en su viaje.

Esperanza, pues, se vio muy apurado en mantener a flote a su hermano; con todo, a veces se sumía Cristiano, después de lo cual salía medio muerto. Esperanza hacía lo posible por consolarlo, diciendo: "Hermano, veo la puerta y varones que nos esperan." Cristiano contestaba: "A ti te esperan, a ti te esperan;

a ti que has sido lleno de esperanza desde que te conocí."

Entonces dijo Esperanza: "Hermano mío, estas aflicciones y amarguras que experimentas en estas aguas no prueban que Dios te haya desamparado, sino que son enviadas para probarte, y ver si te acuerdas de lo que de su bondad has recibido, y para que te apoyes en Él en medio de las aflicciones."

Vi luego en mi sueño que Cristiano estuvo pensativo un buen rato. Esperanza entonces le consoló con estas palabras: "Ten buen ánimo; Jesucristo te hace sano;" y con esto Cristiano exclamó: "¡Oh!, otra vez lo veo, y oigo que me dice: 'Cuando pasares por las aguas, yo seré contigo; y cuando por los ríos, no te anegarán.' "

Luego los dos se animaron, y el enemigo no pudo hacerles más mal hasta que hubieron pasado el río. Pronto Cristiano encontró terreno donde afirmar sus pies, y así llegaron al otro lado.

Dos Resplandecientes

Allí en la orilla vieron a los dos Resplandecientes que les esperaban, los cuales les saludaron, diciendo: "Somos espíritus enviados para servir a los que son herederos de la salvación."

Juntos se dirigieron hacia la puerta. Es de notar que la Ciudad estaba sobre una montaña alta; pero los peregrinos subieron con facilidad, porque los Resplandecientes les daban el brazo. También habían dejado tras ellos su vestidura mortal, pues aunque entraron al río con ella, salieron sin ella. Por eso subían con gran rapidez, aunque los cimientos de la Ciudad estaban más altos que las nubes, e iban por las regiones altas de la atmósfera platicando dulcemente, y consolados por haber pasado el río con seguridad y por tener tan gloriosos compañeros que les servían.

La conversación que tuvieron giró sobre la gloria

del lugar; los Resplandecientes dijeron que la gloria y la belleza de la Ciudad eran indecibles.

"Allí," añadieron, "está el Monte Sión, la Jerusalem Celestial, la compañía incontable de ángeles, y los espíritus de los justos ya perfectos. Vais ahora al Paraíso de Dios, en donde veréis el árbol de la vida, y comeréis del fruto eterno. Y cuando lleguéis os serán dadas ropas blancas, y vuestra conversación será con el Rey por toda la eternidad."

Las Recompensas Celestiales

Los peregrinos entonces preguntaron: "¿Qué hemos de hacer en el lugar santo?," y les contestaron: "Allí descansaréis de todo vuestro trabajo, y tendréis gozo por toda vuestra tristeza; allí segaréis lo que sembrasteis, aun el fruto de todas vuestras oraciones, lágrimas y padecimientos por amor del Rey. En ese lugar llevaréis coronas de oro, y gozaréis por toda la eternidad de la vista y presencia del Santo, pues allí lo veréis tal como es. También allí serviréis con alabanza, con aclamaciones y con acciones de gracias a Aquél a quien procurabais servir en el mundo, aunque con mucha dificultad a causa de la flaqueza de vuestra carne.

"Cuando El venga en las nubes al son de trompeta, como sobre las alas del viento, vendréis con El; cuando El se siente sobre el trono del juicio, os sentaréis con El; y cuando pronuncie sentencia contra los obradores de maldad, sean ángeles u hombres, tendréis voz en el fallo, porque fueron enemigos de El y de vosotros. Y volveréis con El a la Ciudad al son de las trompetas, para estar con El para siempre."

La Bienvenida Celestial

Así se acercaban a la puerta, y he aquí una compañía del ejército celestial salió a recibirlos; los dos Resplandecientes les dijeron: "Estos son los hombres que amaron a nuestro Señor cuando estaban en el mundo, y que han dejado todo por amor de su santo Nombre; El nos envió para traerlos aquí, y los hemos acompañado hasta ahora en su deseado viaje, para que gozosos entren y vean el rostro del Redentor."

A esto el ejército celestial exclamó con voz de júbilo: "Bienaventurados los que son llamados a las bodas del Cordero."

Luego salieron a encontrarlos algunos de los músicos del Rey, vestidos de ropa blanca y reluciente, los cuales con sus melodías despertaron ecos en los cielos; y cantando y tocando sus trompetas saludaban a Cristiano y a su compañero, dándoles diez mil bienvenidas.

Entonces los rodearon por todas partes, unos delante, otros detrás, unos a la derecha y otros a la izquierda, como para escoltarlos por las regiones superiores; y continuamente tocaban sus alegres notas, de suerte que parecía que la misma gloria había descendido a recibirles. Así, pues, iban juntos; y conforme iban subiendo los músicos, ya con alegres notas, ya con miradas y sonrisas, mostraban a Cristiano y a su hermano cuánto gusto tenían al verlos en su compañía, y con cuánto gozo habían salido a recibirles, de manera que parecían estar en el cielo aun antes de llegar, siendo tanto su placer al contemplar los ángeles y oír sus dulces canciones.

La Ciudad Celestial

Además, tenían la Ciudad a la vista, y les parecía oír sus campanas que repicaban a vuelo para celebrar su llegada. Mas, sobre todo, los alegres y fervorosos pensamientos que tenían acerca de morar ellos mismos en semejante compañía, y eso para siempre jamás, les causaba un gozo tan glorioso, que ninguna lengua ni pluma es capaz de expresar.

Y así llegaron a la puerta.

Cuando estuvieron cerca, vieron escritas en letras de oro las palabras:

"BIENAVENTURADOS LOS QUE GUARDAN SUS MANDAMIENTOS, PARA QUE SU POTENCIA SEA EN EL ARBOL DE LA VIDA, Y QUE ENTREN POR LAS PUERTAS DE LA CIUDAD."

Vi luego en mi sueño que los Resplandecientes les dijeron que llamasen a la puerta, lo cual hicieron, y por encima de la puerta aparecieron Enoc, Moisés, Elías, etc., a los cuales fue dicho: "Estos peregrinos han llegado de la Ciudad de Destrucción, por el amor que tienen al Rey de este lugar." Entonces los peregrinos entregaron, cada uno, el certificado que habían recibido al principio; estos documentos fueron llevados al Rey, quien, cuando los hubo leído, preguntó: "¿Dónde están estos hombres?"

A lo cual se le contestó: "Están fuera de la puerta."

Entonces el Rey mandó que se abriese la puerta para que entrasen.

Corona y Vestido Reales

Los peregrinos entraron por la puerta, y he aquí, al entrar su apariencia fue cambiada de tal manera que sus rostros brillaban, y se les pusieron vestidos que relucían como el oro. También se les dieron arpas para alabar al Señor y coronas en señal de honra.

Entonces oí que todas las campanas de la Ciudad de gozo repicaban a vuelo otra vez, y que parecían decir: "Entrad en el gozo de vuestro Señor." También oí a los peregrinos cantar con voz de júbilo: "Bendición y honra, y gloria y potestad a Aquél que está sentado sobre el trono, y al Cordero para siempre jamás."

Cuando abrieron las puertas para dar entrada a los peregrinos, miré hacia adentro, y he aquí que la Ciudad brillaba como el sol; las calles estaban empedradas de oro, y en ellas andaban muchos hombres con coronas en sus cabezas, palmas en sus manos y arpas de oro para usar en las alabanzas.

También vi a unos que tenían alas y contestaban el uno al otro sin cesar, diciendo, "Santo, Santo, Santo es el Señor." Después de esto cerraron las puertas, lo cual cuando vi me dio tristeza, pues deseaba estar con ellos.

Ignorancia No Puede Entrar

Mientras yo contemplaba estas cosas, volví la vista y vi a Ignorancia llegar a la orilla del río. Este muy pronto lo pasó, y sin la mitad de la dificultad que tuvieron los dos peregrinos, porque aconteció que había entonces en ese lugar un tal Vana Esperanza, quien le ayudó a pasar en su barca. Y así Ignorancia también subió el collado para llegar a la puerta, pero iba solo.

Cuando llegó a la puerta, miró el escrito que estaba encima, y luego comenzó a llamar, suponiendo que muy pronto le sería franqueada la entrada; pero fue interrogado por los hombres que se asomaron por encima: "¿De dónde vienes? ¿Qué quieres?" A eso contestó: "He comido y bebido en presencia del Rey, y él ha predicado en nuestras calles." Luego le pidieron su certificado para mostrarlo al Rey. Inmediatamente buscó, pero en vano; no tenía certificado. Entonces le dijeron: "¿No tienes certificado?" Mas el hombre no contestó ni una sola palabra.

Contáronlo al Rey; éste no quiso descender a verlo. sino que mandó a los Resplandecientes, los que habían conducido a Cristiano y a Esperanza a la Ciudad, que saliesen a tomar a Ignorancia, atarlo de manos y pies y echarlo fuera. Lo tomaron, pues, y le llevaron por el aire hasta la puerta que vi en el lado del cerro, y allí lo echaron. Entonces entendí que hay un camino para el infierno, aun desde las puertas de la gloria, lo mismo que desde la Ciudad de Destrucción.

Con esto desperté, y he aquí que todo había sido un sueño.

CAPITULO X

NOTAS SOBRE LOS CAPITULOS

El Progreso del Peregrino, una alegoría. Una alegoría puede definirse como una expresión simbólica. Como la parábola, es "una historia terrenal con un significado celestial." Cristo usó parábolas; los hombres usan alegorías. Por consentimiento general, el Progreso del Peregrino es la más grande de las alegorías.

He aquí una descripción literaria y moderna del Progreso del Peregrino: "El Progreso del Peregrino fue escrito por Bunyan en la forma de un sueño para simbolizar la vida de un Cristiano desde su conversión hasta su muerte. Su conversión es la huída de la Ciudad de Destrucción a la Ciudad Celestial; su ministro, o ayudante, es Evangelista; su mapa es la Biblia; sus pecados son una carga sobre sus hombros; sus dudas son gigantes; su lucha con el pecado es una lucha con Apolión; su muerte es como atravesar un río profundo que fluye entre él y el cielo."

Para interpretar la historia. Querer interpretar literalmente todos los puntos de una alegoría, o de una parábola, es robarle su hermosura y agregar poco a nuestra comprensión de su significado. El corazón del lector, ayudado por su imaginación y sentimiento, tendrá que ser su intérprete, o poco aprovechará de su lectura. Es esencial que haya tenido una experiencia de la conversión, si ha de comprender bien una alegoría espiritual como el Progreso del Peregrino.

Sin embargo, para ayudar a algunos cristianos jóvenes en el estudio de este libro, en el presente capítulo ofrecemos algunas sugestiones sobre el fondo escritural de algunos de los datos de la historia, con algunas interpretaciones que redunden en beneficio del lector.

Muchos lectores encontrarán singificados diferentes de acuerdo con su propio conocimiento y experiencia en las cosas espirituales, y así debe de ser. Como ya dijimos, la propia experiencia cristiana de uno es la que debe interpretar esta alegoría.

Capítulo I

El Desierto de este Mundo. Con frecuencia se habla de este mundo como un desierto de pecado. La Biblia habla de nosotros como viviendo en tabernáculos, o habitaciones provisionales, mientras peregrinamos en el mundo; véanse Proverbios 4:11 y 2 Corintios 5:1.

El Peregrino. Con respecto al peregrino, el Sr. Kelman ha dicho que "los datos principales son: (1) un hombre con una carga, y (2) un hombre con un libro. El problema cristiano puede resumirse en: un hombre, una carga, un libro."

Sus *harapos* eran sus propias buenas obras; Isaías 64:6.

La *carga* sobre su espalda era el peso de su pecado; Salmo 38:4. "¿Qué haré?" es el grito de todo pecador compungido, Hechos 16:30.

Evangelista encuentra a Cristiano. En este tiempo el peregrino necesitaba a Evangelista, o sea un ministro, para ayudarle; véase Romanos 10:14. Nótese que Evangelista le dice solamente lo necesario para encaminarlo de nuevo. Demasiadas veces se dice a los pecadores mucho que ellos no entienden, cuando se debiera señalarles a Cristo. Cristiano tiene miedo a la muerte y Evangelista le señala el camino de la vida.

El rollo de pergamino era algún pasaje específico de la Biblia; véase Mateo 3:7 y Lucas 3:7.

La puerta angosta era Cristo, la puerta del redil; véase Juan 10:7-9. Representa una decisión, dividiendo el viaje en dos partes, una antes y otra después de haber pasado por la puerta.

La Luz. Cristiano no podía ver la puerta, mas veía una luz. Tal vez fue por lo que Evangelista le dijo. Puede haber sido la luz de su deber de huir de la ciudad de destrucción, o la luz de la esperanza de encontrar vida eterna. Lo que haya sido, se veía con claridad, y Cristiano huyó hacia la luz. Cuando un pecador se dirige hacia Cristo, la luz empieza a brillar en su camino. Véase Efesios 5:14.

Flexible y Obstinado. Flexible escucha la razón, mientras Obstinado, no. Nótese la lucha por el alma de Obstinado. Cree que lo sabe todo, mas pierde su alma. A Flexible le gusta la descripción del cielo, pero no tiene convicción de pecado, por lo que no está dispuesto a dejar todo y seguir a Cristo.

El Pantano de la Desconfianza. Esta es una de las descripciones más famosas de Bunyan, y representa una experiencia que le sucede a muchos, especialmente a los adultos, cuando empiezan a buscar a Cristo. La culpa de esto la tienen las dudas y los temores. Convicto de pecado, y buscando al Salvador, el peregrino tiene que luchar contra el diablo que procura hacerlo retroceder. En esta historia Cristiano luchó a través del cenagoso fango, y logró salir a tierra firme, la que representa las promesas de Dios, y lo que le llevó a la roca fundamento de nuestra fe, Cristo Jesús. Flexible se salió por el lado más cercano a su casa, y se despidió enojado de Cristiano, culpándole por las dificultades que le habían sucedido.

Auxilio le ayuda. Cristo busca al pecador tan pronto como éste empieza a buscar a Cristo. Dios envía auxilio a los que buscan la salvación. Recuérdese cómo Dios envió a Felipe a ayudar al Eunuco, Hechos 8; y cómo envió a Pedro a ayudar a Cornelio, Hechos 10. Todo cristiano debe desempeñar el papel de Auxilio para con los que buscan a Cristo.

Saber Mundano. Es el llamado hombre moral que

cree que hay un camino al cielo más fácil que el que
conduce a la puerta angosta y a la cruz. Es de mal
corazón, aunque sabe quedar bien con los demás. No
existe tal cosa como una vida moral sin Cristo.
Cristiano desviado por Saber Mundano. Cristiano
siente miedo tan pronto como abandona el verdadero camino para seguir al Señor Saber Mundano. También le pesa más la carga que lleva. Su conciencia
le acusa. Respecto a las "llamas de fuego del cerro,"
véase Deuteronomio 5:22. Para la descripción que
Evangelista da de Saber Mundano, véase 1 Juan 4:5.
Evangelista enseña a Cristiano su error. La persona
que ha tomado un mal camino, no siente satisfacción
en ningún consejo fuera del evangelio. Así que Evangelista encuentra a Cristiano, le predica el evangelio
y le trae de nuevo al camino que conduce a Cristo.
El evangelio es, de veras, "las buenas nuevas," todo
lo demás es inútil.

Capítulo II

La Puerta Angosta. Este es otro de los grandes cuadros que Bunyan pinta con palabras. La puerta angosta representa a Cristo, a quien Bunyan llama
Buena Voluntad, esto es, "la buena voluntad de Dios
en Cristo." Es la puerta del redil; véase Juan 10:7-10.
La puerta se abre con la oración; véase Mateo 7:14.
Buena Voluntad escucha el llamado del pecador, le
abre la puerta y le da un tirón hacia adentro para
que los dardos de Satanás no puedan alcanzarlo.
La carga del pecado no impidió que Cristiano lle-
gase a Cristo; Cristo se acerca al pecador que lo busca, pues vino "a buscar y a salvar lo que se había perdido;" véase Mateo 9:12. Buena Voluntad le señala
la cruz, donde será aliviado de su carga. Le enseña
a Cristiano algunas cosas que debe saber: "la verdad
os hará libres."
Buena Voluntad envía a Cristiano al *Intérprete,*
que es el Espíritu Santo, el Espíritu de verdad; véase

Juan 14:17. El nos guiará a toda verdad, Juan 16:13. Cristo, por medio del Espíritu Santo, nos ayuda a encontrar la verdad respecto de sí mismo; se le enseñan pues, a Cristiano muchas verdades en la casa del Intérprete.

Primer Cuadro. El Intérprete guía a Cristiano despacio, de acuerdo con su capacidad de progresar. Necesita tiempo para comprender la verdad que se le enseña. Una vela encendida, que representa a la Biblia, arroja luz sobre el camino. El primer cuadro es el de un fiel ministro de Cristo Jesús que interpreta la Biblia a los pecadores.

Segundo Cuadro. Este muestra la necesidad de que nuestros corazones sean limpiados. La Ley no puede limpiar el corazón del pecado, Romanos 7:9 sigs., mas el Evangelio limpia de todo pecado. Juan 15:3, 1 Juan 1:7.

Tercer Cuadro. Este cuadro contesta la eterna pregunta: ¿Por qué tienen los pecadores tanto de los bienes del mundo? Pasión representa la respuesta: tienen bienes ahora, y nada les espera después. Véase el Salmo 73, que explica cómo Dios enseñó esta verdad a su siervo David.

Cuarto Cuadro. Este cuadro enseña que la salvación es para siempre. "Mi gracia es suficiente," dice Cristo; él proporcionará suficiente gracia en todo tiempo y para toda necesidad. ¿Puede un pecador convertido seguir firme? Este cuadro da la verdadera respuesta. Satanás puede atacar desde afuera, mas Cristo da fuerza en el interior del corazón.

Quinto Cuadro. Aquí tenemos la misma verdad presentada de otra manera; la victoria es segura para el soldado de Cristo Jesús. Estamos seguros de la victoria por medio de la fe, porque la fe es la victoria, 1 Juan 5:4.

Sexto Cuadro. Aquí vemos la suerte de los que rechazaban a Cristo; el Espíritu ha dejado de trabajar con él. Efesios 4:30.

Séptimo Cuadro. Muestra la agonía de los que no

están preparados para encontrarse con Dios en el juicio. Hay algunos que no quisieran que hubiera juicio, y por eso lo niegan. Si nuestra fe está en Cristo, no temeremos el juicio.

Capítulo III

Para el *"muro de salvación,"* véase Isaías 26:1. Para el *cambio de vestido,* véase Zacarías 3:4. *Los Tres Seres Resplandecientes* pueden representar al Padre, al Hijo y al Espíritu Santo; el Padre habla del perdón de los pecados; el Hijo viste al convertido de su propia justicia, Isaías 61:10; el Espíritu Santo de la seguridad de que "somos hijos de Dios," Romanos 8:16.

Simple, Pereza y Presunción. Estos hombres pensaban que eran salvos, y no pusieron atención a las amonestaciones.

Formalista e Hipocresía. Eran brincadores de la pared, Juan 10:1.

El Collado de Dificultades. En todas las actividades de la vida, para alcanzar el éxito, es necesario vencer dificultades. Esto es especialmente cierto con respecto a la religión, porque la religión es de mucho valor. Así como Cristo está aplicando el aceite de la gracia continuamente, así Dios hace que la subida sea tan fácil al proveer manantiales refrescantes; véase Isaías 49:10, y un lugar de descanso.

Leones en el camino. Dios siempre retiene al león, el foso de los leones, el horno ardiente, el Mar Rojo, el Jordán, y el ángel de la muerte. Los hijos de Dios están a salvo cuando están detrás de la sangre. Nuestros hermanos de tierras paganas saben mejor que nosotros lo que significa afrontar los leones para poder entrar al Palacio Hermoso.

Vigilante, el Portero. Con la ayuda del portero, Cristiano pasa por donde están los leones. El *Palacio Hermoso* puede representar a la iglesia, y el portero puede considerarse como un miembro ganador de almas que ayuda a otros a encontrar el camino. Cristiano entra a la iglesia después de perder su carga en la cruz, no antes. De modo que ya está preparado para la amistad y el compañerismo que encuentra dentro del Palacio, y para la cena a la cual lo invitaron, que puede representar la Cena del Señor.

La vista de la Tierra de Emmanuel fue una visión de las glorias del cielo. Tales bendiciones vienen a la iglesia como resultado de la fidelidad en la oración y el trabajo.

Para la armadura del Cristiano, véase Efesios 6:13-18. Nótese que no hay ninguna protección para la espalda del soldado. Debe seguir luchando, siempre hacia adelante.

Repaso: Júntense rápidamente las siete partes del cuadro que se acaba de estudiar: los leones en el camino; el portero, Vigilante, quien da la bienvenida al peregrino en la puerta; el examen por Piedad, Prudencia y Caridad y sus discursos en la cena; el descanso en la recámara de Paz; el estudio de los archivos del Palacio; la visión de las Montañas Deleitables; la armadura que le dan. Indudablemente, éste es el más perfecto cuadro de la iglesia, sus ordenanzas y sus bendiciones para sus miembros que pueda encontrarse fuera de la Biblia misma.

Capítulo IV

Apolión, por supuesto, es el diablo, el enemigo del alma. Nótese su método de trabajo: primero trata de persuadir, le hace hermosas promesas a Cristiano, promete buen salario, olvidar el pasado, y librarlo de dificultades. Alega que no debemos sufrir por nuestro pecado, y que su yugo es fácil, mientras que es difícil servir a Cristo. Pero Cristiano sabe que es mentiroso, y que lucha contra él. Vence por medio de la Espada del Espíritu y la oración. Compárese esto con la victoria de Cristo sobre Satanás cuando fue tentado en el desierto. Véase Efesios 6:11 sigs.

Sus heridas sanadas. Para hojas que sanan, véase Apocalipsis 22:2.

El Valle de Sombra de Muerte. Véase Jeremías 2:6 y Salmo 44:18,19. Para el arma llamada "Oración", véase Efesios 6:18. Aun cuando este valle fue terrible, Cristiano lo pasó bien con la ayuda de Dios. Así todo cristiano podrá salir bien de sus pruebas, pruebas que vienen a todos.

Capítulo V

Cristiano se encuentra con Fiel. Esto nos recuerda de cuando Cristo envió a sus discípulos de dos en dos. Los cristianos anhelan el compañerismo. Cristiano cae a causa de su orgullo.

Discuten de Flexible. Recuérdese la historia de Flexible, quien salió con Cristiano y cayó con él en el Pantano de la Desconfianza. Moule dice que Flexible es como los oidores de la tierra pedregosa, de la parábola del sembrador. Dice: "Flexible no tenía raíces, y sólo duró un ratito. Cristiano sí había echado raíces; para él perseverar era asunto de vida o muerte."

Las experiencias de Fiel. Parece que en éstas Bunyan se basa en la historia de José. Léase la victoria de José sobre la tentación que se le presentó en la casa de Potiphar. Clifford dice: "La lucha de José por mantener su pureza social es una de las batallas decisivas del mundo." Desde la época de José hasta la de Bunyan, y desde entonces hasta ahora, esta lucha sigue. La juventud puede ganar la victoria con la ayuda de Dios, y debiera pelear como lo haría contra una plaga horrible. El ceder significa un rápido viaje al hoyo del diablo.

Vergüenza, un villano. Fiel dijo que Vergüenza habló de tal manera que le hizo subir la sangre a la cara; en otras palabras, se enojó hasta querer pelearse con él. Así debe sentirse todo cristiano en presencia de los que tienen a la religión en menos.

Alcanzan a Locuacidad. Es evidente que Locuacidad no conocía el texto "Sed hacedores de la palabra, y no tan solamente oidores," ni tampoco "La fe sin obras es muerta." Cuando Fiel le preguntó: "¿Has sentido tus propios pecados y los has dejado?" empezó a sonrojarse y se despidió de ellos. Los hombres que discuten de religión tienen poco que contestar a tal pregunta.

Capítulo VI

Evangelista se une a ellos. Parece que el propósito de este encuentro es el de animar a Cristiano y a Fiel, recordándoles sus victorias del pasado, y así prepararlos para las pruebas que les esperan.

En la Feria. El cuadro de la Feria de Vanidad es uno de los mejores que Bunyan ha descrito. Sólo un genio podía haberlo escrito. Bunyan usa la Feria de Vanidad para simbolizar una colección de las tentaciones más atractivas del mundo. En la Biblia, vanidad y vanidades significan los ídolos de los paganos. Véanse Jeremías 14:22, 18:15-17; Deuteronomio 32: 21, y 1 Reyes 16:13, 26.

El Dr. S. J. Reid dice respecto a la Feria de Vanidad: "Esta es la más maravillosa descripción del mundo que se ha producido. La Feria de Vanidad es el mundo que ha sentido tener un poder que odia a los peregrinos y a su Señor. Para el pueblo de la Feria de Vanidad, sus mercancías eran todo. Su lema era 'Comamos y bebamos, porque mañana moriremos.' Todo Cristiano tiene que pasar por la Feria de Vanidad, o salirse del mundo; pero mientras estamos en la Feria de Vanidad, no tenemos que ser parte de ella."

La Feria de Vanidad estaba dominada por una trinidad de males: el Mundo, la Carne, y el Diablo.

Los peregrinos examinados. Nótese la semejanza entre el proceso de estos peregrinos y el de Jesús: ninguna transgresión de la ley, cargos falsos, testigos falsos, el mismo juez testifica en contra de ellos, los sentencia antes de entregar el caso al jurado, pide al jurado que los condene, etc.

La muerte de Fiel. Bunyan vivió en los días de los mártires; de manera que esto le era muy vívido. Los protestantes de aquel tiempo recordaban el reinado de "María la Sangrienta" y los 300 que ella mandó a quemar a la estaca en Smithfield. Recuérdese la muerte de Rogers, Hooper, Ridley, Latimer y Cramner. Estos no cometieron otro crimen que creer en Cristo y ser diferentes de los católicos romanos. La muerte de estos 300 produjo un odio tal contra Roma como nada hubiera podido producirlo.

La persecución es el opuesto del cristianismo. El cristianismo ama; la persecución odia. Mas desde el tiempo de Pablo hasta ahora, la persecución ha ayudado al cristianismo a extenderse más.

Capítulo VII

Aquí Bunyan da otro toque hermoso al cuadro cuando *Esperanza* se hace compañero de Cristiano para reemplazar al noble Fiel. Así como la gloria de la muerte de Esteban resultó en la conversión del gran apóstol Pablo, así el heroísmo del martirio de Fiel ganó a Esperanza y a otros.

Sr. Conveniencia, de Buenas Palabras. El señor Conveniencia difiere del señor Locuacidad en que ama el dinero sobre todo lo demás; la mina de plata selló su suerte. Vendió su vida por plata.

El nombre de Conveniencia sugiere que es muy egoísta, engañador, dispuesto a usar cualquier medio para conseguir sus propios fines. Nótese que "nunca lucha contra viento y marea," pero como pez muerto flota corriente abajo; y le gusta la religión "en sandalias de plata, y que ande por calle plana y cuando brille el sol y la gente la aplauda." No se le ocurre luchar como soldado de la cruz. No iria a una reunión de oración en una noche lluviosa, ni se uniría a una iglesia pequeña que luche por afirmarse y crecer.

Demas. Véase 2 Timoteo 4:10. Demas abandonó a Pablo la obra del Señor, porque prefería el mundo presente. Por eso es buen agente de la mina de plata. Es hijo de Judas y nieto de Giezi; véase la historia de Giezi en 2 Reyes 5:20-27.

El Río del Agua de la Vida. Véanse Salmo 65:9; Ezequiel 47:9; y Apocalipsis 22:1. Allí pudieron dormir con confianza; Salmo 23:2 e Isaías 14:30.

El Campo de la Vereda. Después de su sueño refrescante y las hermosas frutas que encontraron junto al Río de la Vida, los peregrinos encontraron que el camino era más difícil. Esto enseña que la vida, aun la vida cristiana, no es siempre fácil. La vida es una lucha y el cristiano es un soldado. Hay tiempos felices y de gozo, pero también hay veredas escarpadas que hieren los pies. En tales tiempos, el diablo nos tienta y nos invita a pasar al campo de la vereda, que parece más placentero que el camino recto del Señor.

Vana Confianza. Como era de esperarse, los peregrinos encuentran dificultades en el Campo de la Vereda. Vana Confianza es un guía falso, y se cae al hoyo; véase Isaías 9:16. Llega la noche, están perdidos, y el agua empieza a subirse.

El Castillo de las Dudas. Este es un cuadro muy real de experiencias verdaderas de la vida cristiana. Después de salirse del camino recto, el cristiano encuentra más dificultades, pues un pecado conduce a otro, hasta que "se suben las aguas" y empieza a dudar de su salvación. Se duerme, el sueño de la oscuridad espiritual, olvidándose de confesar su pecado, buscar el perdón, y ponerse de nuevo en el buen camino. El Gigante Desesperación lo pesca y cae en el Castillo de las Dudas.

Pero hay una salida, y Cristiano la encontró: las promesas de Dios. Nunca fallan, y pueden abrir las puertas más fuertes de la prisión del alma. Juan el Bautista, al dudar, envió a Jesús, y cuando nosotros dudamos, debemos ir con él. ¿Cómo le fue a Judas y al rey Saúl en el Castillo de las Dudas? ¿Y a David, Pedro y Tomás?

Capítulo VIII

Cristiano había visto, desde el Palacio Hermoso, las Montañas Deleitables en la Tierra de Emmanuel. Ahora él y Esperanza gozan de la paz y el descanso, así como de la hermosura de ellas. La Ciudad Celestial se ve, aunque queda lejos todavía. Estas montañas representan esos momentos de calma y felicidad, cuando no hay entre el alma y su Dios ninguna nube, y se siente cuán verdadera es la confianza en Cristo que puede traer tal luz al corazón.

La historia de Poca Fe. Esta historia la relata Cristiano mientras él y Esperanza bajan las Montañas Deleitables. Poca Fe representa al creyente que apenas tiene suficiente fe para creer, pero no para llevar una vida victoriosa. Todo enemigo lo vence. Nada adquiere. Apenas puede conservar su fe, la "alhaja" que lo admite al cielo.

La red de Lisonjeador. Cristiano dice que los pastores les alertaron contra los lisonjeadores, y Esperanza dice que se les olvidó leer sus instrucciones: la Biblia. El Resplandeciente los castiga. Cristo perdona la culpa de los pecados que cometen sus hijos cuando se arrepienten, pero el dolor y las cicatrices tienen que llevarse.

Ateo. Este hombre caminaba con la espalda hacia Sión, a pesar de haber estado buscándolo por veinte años. "Nadie es tan ciego como el que no quiere ver." Véase Salmo 14:1.

Capítulo IX

La Tierra de Beulah. Beulah es un nombre bíblico que significa casado. Se aplica a Israel, sugiriendo su matrimonio con Jehová como esposo y Señor soberano. Isaías 62:4. En el Nuevo Testamento tenemos la

boda de Cristo, el Cordero, con su novia, la Iglesia.
El nombre lleva la idea de entera felicidad, pureza y
amor. Para Bunyan ésta es la tierra de donde los peregrinos entran a la Ciudad Celestial.

El Cielo está al otro lado del río de la Tierra de
Beulah, y la gloria del cielo la alumbra.

Interviene un río. Este era el río de la muerte. Solamente Enoc y Elías se escaparon de él. Aquí Esperanza ayudó a Cristiano, mientras Bunyan describe
la muerte de éste. Esperanza lo animó con palabras
de consuelo, con textos, y con el consejo de que man-
tuviera firme su fe en Cristo. El río es profundo o no,
de acuerdo con la fe que uno tiene. Al otro lado los
esperaban los Seres Resplandecientes y toda la gloria de la Ciudad Celestial, el vestido y la corona.

Todo esto se hizo posible porque en la cruz la carga
del pecado fue quitada por la mano amorosa del
Señor.

PREGUNTAS DE REPASO Y EXAMEN

El maestro de la clase debe usar, como prueba, por lo menos diez de las siguientes preguntas, las que deben contestarse de memoria y por escrito.

Introducción

¿Qué clase de hombre era Juan Bunyan?
¿Qué causó la conversión de Bunyan?
¿Por qué se encontraba Bunyan en la prisión?
¿Cómo contribuyó la cárcel de Bedford a la fama de Bunyan?
Cuente algo de los últimos años de Bunyan.

Capítulo I

¿Por qué se salió Cristiano de su hogar para hacerse peregrino?
¿Qué le dio Evangelista? ¿Hacia dónde lo dirigió? ¿Qué significó esto?
¿Por qué Flexible siguió a Cristiano? ¿Por qué Obstinado no lo siguió?
Cuente algo del Pantano de la Desconfianza. ¿Qué significa?
¿Cuáles son las dos cosas que Saber Mundano condenó? ¿Por qué?
¿Qué le dijo Evangelista a Cristiano respecto a Saber Mundano?

Capítulo II

¿Qué significa la puerta angosta? ¿Buena Voluntad?
¿Qué peligro amenazó a Cristiano al entrar por la puerta angosta?

Describa brevemente los cuadros que vio en la casa del Intérprete.

Capítulo III

¿En dónde perdió Cristiano su carga? ¿Por qué? ¿Qué se hizo la carga?

¿Cómo conocería el Señor de la Ciudad a Cristiano?

¿Qué le pasó a Cristiano en el Collado de Dificultades?

¿Cómo hizo para pasar por los leones?

¿Qué le pasó a Cristiano en el Palacio Hermoso? ¿Qué significa todo esto?

Nómbrense las partes de la armadura de Cristiano de acuerdo con Efesios 6:13-18.

Capítulo IV

Describa a Apolión. ¿A quién representa?

Describa la lucha entre Cristiano y Apolión.

¿Cómo fueron sanadas las heridas de Cristiano?

¿Qué se dice del Papa y del Pagano?

Capítulo V

Describa el encuentro de Cristiano con Fiel.

¿En qué se pareció Fidel a Cristiano al empezar su peregrinación?

¿Cómo trataron a Flexible cuando regresó a su casa?

¿Qué trato le dio Adán Primero a Fiel? ¿Quién lo rescató? Cítese 1 Corintios 10:13.

¿Qué dijo Vergüenza acerca de la religión? ¿Qué le contestó Fiel?

¿Qué dijo Cristiano de la religión de Locuacidad? ¿Cómo se deshicieron de él?

Capítulo VI

¿Por qué se unió Evangelista a los peregrinos?

¿Qué simboliza la Feria de Vanidad?

¿Por qué procesaron a los peregrinos?

¿Qué dijo cada testigo en contra de Fiel?
¿Cómo murió Fiel? ¿Cómo fue llevado al cielo?

Capítulo VII

¿Quién vino a ser el compañero de Cristiano en el lugar de Fiel? ¿Cómo sucedió esto?

¿Cuál fue la diferencia principal entre Locuacidad y Conveniencia?

¿Cuál fue la característica principal de Demas? ¿Quiénes eran sus antepasados? ¿Cómo se pareció a ellos?

¿Qué era el Campo de la Vereda? ¿Cómo llegaron los peregrinos a entrar en él? ¿Qué les sucedió allí?

Cuente algo del Castillo de las Dudas. ¿De quién era? ¿Cómo les fue a los peregrinos allí? ¿Cómo se salieron?

Capítulo VIII

Cuente de los placeres de las Montañas Deleitables.

¿Cómo se llamaban los cuatro lugares a donde los pastores llevaron a los peregrinos, y qué vieron en cada lugar?

Cuente la historia de Poca Fe. ¿Qué nos enseña?

¿Qué experiencia tuvieron los peregrinos con Lisonjeador? ¿Con Ateo?

Narre la conversión de Esperanza.

Capítulo IX

¿Qué significa la Tierra de Beulah? ¿A qué distancia está del cielo?

¿Qué río tuvieron que cruzar? ¿Qué era lo que lo hacía más o menos hondo?

Haga una lista de las citas del libro de Apocalipsis que se encuentran en este capítulo, indicando dónde se encuentra cada una.

¿Qué es lo que le ha impresionado más de esta historia? ¿Qué le ha proporcionado más bendición?